Susi Kohler

Halleluja,
mein Hase hockt wieder im Rollstuhl!

Eine wahre und facettenreiche Lebensgeschichte,
erzählt von Susi Kohler,
aufgezeichnet und bearbeitet von Peter Feller

Eigenverlag Mühlebach Horgen

Inhaltsverzeichnis

Bibliografische Information der Deutschen Nationalbibliothek: Die Deutsche Nationalbibliothek verzeichnet diese Publikation in der Deutschen Nationalbibliografie; detaillierte bibliografische Daten sind im Internet über dnb.dnb.de abrufbar.

© 2019
Herstellung und Verlag: BoD – Books on Demand, Norderstedt
ISBN-Nr. 9783748159322
Textrohfassung: Susi Kohler
Textbeiträge zur Familie Kohler: Nadine Zehnder-Kohler und Sandro Costa
Buchkonzept, Interviews und Autor: Peter Feller
Typografie, Satz und Layout: Peter Feller
Fotos: Aus dem Archiv der Familien Grafe und Kohler sowie von Peter Feller
Quellenverzeichnis der Bibelzitate im Anhang

Wozu dieses Buch mit dem bizarren Titel?

«Denn es ist des Bücher machens kein Ende», hat schon der weise König Salomo festgestellt. Warum also noch eines mehr in die Welt setzen? Und sicher hat niemand darauf gewartet. Vermutlich auch Sie nicht. Vielleicht überfliegen Sie die ersten Seiten und entscheiden, ob Sie weiterlesen oder das Buch enttäuscht zur Seite legen.

Enttäuscht war ich auch – ich, die kleine Susi – über meine Kindheit und Jugendzeit. Ich war oft sehr traurig und frustriert, fühlte mich ungeliebt und minderwertig. Durch eine unerwartete Wendung in meinem Leben durfte ich dann erfahren, dass aus Enttäuschung Hoffnung und Zuversicht werden kann, wenn man sich mit den richtigen Personen umgibt. Ich packte die Chance und durfte zum richtigen Zeitpunkt den einzig richtigen Lebenspartner finden, mit dem ich mein Leben dank Gottes Hilfe durch Freud und Leid, durch Krankheit und Grenzerfahrungen teilen darf. Georges war und ist dieser Partner. Einer meiner vielen Übernamen für ihn, nebst «Schnüger», «Bubu» und «Chéri», lautet «min liebe Has!» Daraus entstand dann der bizarre Titel.

Als ich meinen «Hasen» nach sechs Wochen Spitalaufenthalt, nach mehreren Operationen, knapp am Jenseits vorbeigeschrammt, im Spitalzimmer wieder strahlend im Rollstuhl vorfand, schrieb ich per WhatsApp euphorisch und dankbar an meine Freunde: *«Halleluja, min Has hockt wider im Rollstuel!»*

Susi Kohler

«Die schwierigsten Jahre im Leben
stellen sich hinterher oft als die grossartigsten heraus,
vorausgesetzt, man hat sie überlebt.
(Brittany Murphy)

Kapitel 1
Meine Erinnerungen an die Kindheit und Jugendzeit

Eigentlich wären alle Voraussetzungen erfüllt gewesen für eine glückliche Jugendzeit. Meine Eltern profitierten wie viele in der Schweiz von der Wohlstandsgesellschaft, die sich in der Nachkriegszeit entwickelte. Sie hatten sich gerade ein Einfamilienhaus samt Werkstatt gebaut. Sicher waren sie glücklich und stolz, dass ihnen am 15. September 1948 im Spital von Basel eine gesunde Tochter *Susanne Edith Grafe* geschenkt wurde. Zwei Jahre zuvor war schon mein Bruder Peter zur Welt gekommen. Meine ersten Erinnerungen reichen in meine Kindergartenzeit zurück, vor allem an meine "Finkli" mit dem Leopardenmotiv und den roten Ponpons. Und auch an das "Znünisäckli", das nie fehlen durfte. Während meiner Kindergartenzeit durfte ich ab und zu in die Sonntagsschule. Die biblischen Geschichten gefielen mir ganz gut, am meisten imponierte mir aber das schwarze Negerlein auf dem Kistlein, das brav und lange nickte, wenn man ein 10-Rappenstück einwarf. Ein Erlebnis bleibt mir in Erinnerung. Als ich etwa 10 Jahre alt war, tuschelten meine Eltern über den frühen Tod von Mamas Schwester, was ich aufschnappte. Dabei dachte ich spontan, was wäre wohl, wenn ich sterben würde, dann kann doch nicht einfach alles vorbei sein. So schnell und unvermittelt dieser Gedanke gekommen war, verschwand er wieder. Ab und zu stellte ich mir aber diese Frage wieder. Dann beruhigte ich mein Gewissen mit der Antwort: «*Ich glaube ja an Gott, aber ich selber bin ja schon recht, und zudem habe ich keine Zeit für ihn.*»

7

Im baselländischen Binningen, mit damals etwa 8000 Einwohnern, besuchte ich die Primarschule, die fünf Jahre dauerte. Die Schulzeit selber habe ich in guter Erinnerung, besonders, weil wir ab der 3. Klasse einen tollen Lehrer hatten. Mit ihm fuhren wir ins erste Klassenlager, das damals unser Kanton anbot. Mir gefiel das Lagerleben, und fortan freute ich mich immer auf die Ferienlager, wo ich später auch als Hilfsskilehrerin gefragt war. Das fand ich "lässig". In der 5. Klasse mussten wir einen Aufsatz schreiben zum Thema «Was ich werden möchte?»: *«Ich möchte so gerne mit Tieren zusammensein. Aber das geht leider nicht gut. Zolliwärterin möchte ich auch nicht gerne werden, denn mein Vater hat ein Geschäft in Binningen. Das wird aber mein Bruder übernehmen. Aber für mich bleibt doch noch etwas. Nämlich der Laden! ... Leider kann ich nicht gut einen Hund oder irgend ein anderes Tier in den Laden nehmen. ... Wisst ihr jetzt was ich werden möchte?»*

Während der Schulzeit war ich meist mit drei Freundinnen zusammen. Wenn wir auf dem Heimweg verglichen, wer die schönsten Schuhe, den schönsten Mantel usw. hatte, ging ich immer als Siegerin hervor. Das war mir echt peinlich, und ich schämte mich dafür! Dafür war Ebi, eigentlich hiess sie Elisabeth, viel besser beim Spielen. Sie gewann immer die schönen farbigen Murmeln, für die ich sie beneidete. Bärbel wohnte ebenfalls in einem schönen Haus mit einem kleinen Swimmingpool. Zudem hatten sie einen Schäferhund, und sie fühlte sich wohl in einer Familie, die viel zusammen musizierte.

Davon konnte ich nur träumen! Wir hatten zwar auch ein schönes Einfamilienhaus mit Terrasse und Garten, wo wir im Sommer in einer verzinkten Badewanne baden konnten. Aber meine Mutter war oft nicht zu Hause, weil sie im eigenen Geschäft in Basel arbeitete. Sie betrieb an der Gerbergasse 54 in Basel an bester Lage einen Kunsthandwerkladen mit Zinnsachen, Vasen, Gläsern, Schmuck sowie Fondue- und anderem Geschirr. Ihren Laden führte sie zusammen mit zwei bis drei Verkäuferinnen. Mami wollte ihren Mann Egon beeindrucken und seine Aufmerksamkeit und Wertschätzung erlangen, die sie immer sehr vermisste. Im Nachhinein denke ich, dass sie auch nicht gerne Hausfrau war und dass ihr das Nur-Muttersein nicht genügte. Sie wollte auch jemand sein! Wer war meine Mami?

Meine Mami

Anne-Marie Mayer wurde am 25. Oktober 1921 in Les Verrières als zweite Tochter von Edith und Jean Mayer geboren. Ihre Mutter war Lehrerin, kaum älter als ihre Schülerinnen, der Vater war als Buchhalter bei Prometheus tätig. Da die Firma von der Romandie nach Liestal verlegt wurde, zog die Familie in ein Einfamilienhaus nach Pratteln. Für Anne-Marie wäre alles perfekt gewesen, wenn die Leute französisch gesprochen hätten. Sie sprach, obwohl in der Schule gelernt, kaum ein Wort Deutsch. Die mangelnden Sprachkenntnisse stärkten ihr Selbstwertgefühl nicht. Trotzdem erlebte sie aber eine glückliche Jugend und verstand sich vor allem mit ihrer um ein Jahr älteren Schwester Simone sehr gut. Der frühe Tod ihrer geliebten Schwester muss meiner Mami sehr zugesetzt haben. Sie sprach kaum darüber. Nach der Schulzeit absolvierte sie die Handelsschule in Basel. Sie lernte dann Egon Grafe kennen, und sie heirateten am 12. Juli 1945, kurz nach Ende des Zweiten Weltkrieges.

Da Mami sehr stark im Geschäft engagiert war, besorgte ein Dienstmädchen, eine Italienerin mit dem schönen Namen Miranda, unseren Haushalt. Ich hatte sie sehr lieb, und ich war auch gerne mit ihr zusammen. Sie ersetzte meine Mami! Wie schön war es für mich, als sie mich ab und zu in ihre Familie einlud, manchmal zum Fernsehen oder auch zum Essen. Dort fühlte ich mich wohl. Was ich von meinem Zuhause nicht behaupten konnte, leider. Ich erinnere mich, dass ich abends oft auf dem Küchentisch am Fenster sass und sehnlichst wartete, bis ich Mami erblickte. Das Essen auf dem Herd war bereit, der Tisch gedeckt, aber weit und breit keine Mami. Ich wartete und wartete, und meine Fantasie ging mit mir durch.

Als der Streit meiner Eltern wieder mal eskalierte, waren wir, meine Mutter, mein Bruder Peter und ich allein in der Wohnung. Mami drohte ernsthaft und hysterisch in den Rhein zu springen und sich das Leben zu nehmen. Ich versperrte ihr den Weg vor der Haustür, mein Bruder stellte sich vor die Gartentür, um das Schlimmste zu verhindern. In ähnlichen Situationen, wenn meine Eltern sich wieder stritten, rannte ich heulend zu meiner Freundin Ebi, die unweit von uns wohnte. Dort wurde ich herzlich aufgenommen, und sie und ihre Schwester brachten mich wieder zum Lachen. Aber es gab immer wieder Vorfälle, die zeigen, wie traurig meine Mami über ihre Situation war, was aus einem Tagebucheintrag vom 20. August 1962 sichtbar wird: *«Am Samstag hatte Susi zu ihrem Geburtstag ihre Schulkameradinnen und die Lehrer nach Hause eingeladen. Ich hatte eine wunderbare "Rüeblitorte" gebacken. Alle andern Sachen wurden probiert, aber nicht meine Torte! Die Kerzen waren aufgesteckt, aber Egon wollte sie nicht anzünden. Meine Torte wurde nicht angerührt, und ich musste sie wegwerfen!»*

Die Herkunft meines Vaters

Um meinen Vater Egon Grafe besser zu verstehen, blende ich hier etwas in der Familiengeschichte zurück. Mein Opa Ewald Grafe hatte am 18. Juli 1914 seine Frau Minna in Leipzig geheiratet. Nur 14 Tage nach der Hochzeit musste Opa einrücken, um dem Vaterland im soeben ausgebrochenen Ersten Weltkrieg zu dienen. Während eineinhalb Jahren stand er an der Front, geriet in französische Gefangenschaft und erkrankte dort ernsthaft. Durch Vermittlung des Roten Kreuzes wurde er als Internierter auf den Zugerberg in die Schweiz verlegt. Nach seiner Genesung fand er zuerst Arbeit in Bern als Graveur. Dann wagte er zusammen mit meiner Omi in Interlaken den Schritt in die Selbstständigkeit. Sie half ihm als Buchhalterin im Geschäft. Nach gutem Start entwickelte sich das Geschäft schwierig. So packten sie im Sommer 1921 die Koffer und kehrten nach Leipzig zurück. Kaum dort, am 18. September 1921, erfreuten sie sich der Geburt ihres Sohnes Egon. Es waren nicht allein die drückende Not in Deutschland und die ersten Demonstrationen der Nazis, welche Ewald und seine Familie 1930 wieder zum Aufbruch in die Schweiz bewogen. Es war auch die Dankbarkeit gegenüber dem Land, das ihm während des Krieges grosszügig Gastrecht gewährt hatte. In Basel gründete er seine eigene Graveurwerkstatt.

Als Opa 1940 unerwartet an Herzversagen verstarb, übernahm meine Omi kurzfristig die Geschäftsführung, drängte aber darauf, dass der junge Egon, er war gerade mal knapp 19 Jahre alt, seine angefangene Matura abbrechen und die Lehre als Graveur antreten sollte, um nachher die Geschäftsführung zu übernehmen. Ich denke, dass er ein Leben lang darunter litt, dass er nicht studieren und als Akademiker durchs Leben gehen konnte. Die Herkunft des Namens Egon und seine Bedeutung, der Schwertstarke, beschreibt meinen Vater gut. Und auch der Wortteil «Ego» ist sehr bezeichnend. Er entschied sich früh, ein erfolgreicher und angesehener Geschäftsmann zu werden. Diesem musste sich seine Umgebung unterordnen: Seine Frau, seine Familie, aber auch seine 10–12, später 20—25 Angestellten. Er wollte alles und alle im Griff haben. So kreuzte er um 7 Uhr, nachdem er vorher schon in der Werkstatt war, am Frühstückstisch auf und erteilte seine Tagesbefehle.

Und ja, geschäftlich war er erfolgreich mit seiner Methode *«De Egon, dä bin ich!»*. Einmal erhielt er sogar einen Grossauftrag aus Persien. Er durfte für die Automarke Paykan 400'000 Namenszüge liefern. Nach dem Sturz des Schahs versiegte leider dieser lukrative Auftrag. Er verstand es aber auch, sein Geld gewinnbringend anzulegen, Liegenschaften zu kaufen, zu verkaufen oder bauen zu lassen. So baute er ein Geschäftshaus an der Gerbergasse 54 mitten in Basel, wo Mama ihren schönen Laden führte. Um seinen Erfolg zu mehren, liess er nichts unversucht. So war er auch Mitglied diverser Clubs, unter anderem im Kiwanis, wo er Beziehungen knüpfte, einerseits um Aufträge zu ergattern, andrerseits um Jemand zu sein. An einen dieser Clubs, den Oversea-Club, erinnere ich mich noch gut. Da durften wir als Familie mit dabei sein, und Vater war stolz, uns dort als heile Familie zu präsentieren. Ich ging gerne in den Club, der für Familien Events organisierte wie Autoralleys, Ausflüge, Spiele, Picknicks usw. Als Kind war ich froh, mit andern Kindern zusammensein zu können und den alltäglichen Streitereien zu entfliehen.

Beziehungen waren wie gesagt wichtig für meinen Vater. Dass er dies dann auch noch wörtlich nahm, entpuppte sich zusätzlich als grosse Belastung für unsere Familie. Ein neues Ehepaar trat dem Club bei. Sie war lustig, aufgestellt und kontaktfreudig, vor allem gegenüber meinem Vater. Meiner Mutter blieb das nicht verborgen, und sie ging nicht mehr in den Club, und damit waren wir auch nicht mehr dabei. Der Flirt ging in eine Liebschaft über, und bald trafen sie sich wöchentlich. Später unternahmen sie gemeinsame Reisen und Kreuzfahrten, wie meine Mutter auf Rechnungsbelegen entdeckte.

Ja, unser Vater konnte grosszügig sein, leider nur gegenüber andern und wenn es ihm diente. Auch als Sponsor trat er gerne auf, aber nur, wenn er dafür genügend Aufmerksamkeit erhielt. Für uns blieben von seiner Grosszügigkeit nur die Brosamen wie beim armen Lazarus. Unser Problem war, dass weder Mami noch ich oder mein Bruder den Mut hatten, ihn auf diese unerträgliche Situation anzusprechen. Mit der heutigen Lebenserfahrung würde ich das sicher anders angehen. Schlimm war auch, dass der Vater so tat, als wäre nichts, er ignorierte uns und unsere damit verbundenen Leiden. Es musste einfach nur für ihn stimmen!

Auswirkungen auf unser Familienleben

Zum Glück hatte ich meine Freundinnen, als das Leben in der Familie immer schwieriger wurde. Ich war unglücklich und oft traurig. Am liebsten half ich in meiner Freizeit bei Mami im Laden aus, vor allem beim Einpacken von Geschenken, und ich hatte ein gutes Verhältnis zu den Verkäuferinnen. Wir lachten viel zusammen. Ich freute mich immer über viel Kundschaft und wenn etwas los war. So wie meist am 24. Dezember, wenn viele ihre Last-Minute-Geschenke einkauften. Da war ich für kurze Zeit happy!

Aber nach Ladenschluss überkam mich ein mulmiges Gefühl, weil ich an die bevorstehende Weihnachtsfeier dachte. Jahr für Jahr wiederholte sich dieses Ritual. Zuerst holten wir die Omi Minna, die Mutter vom Vater in Basel ab. Dann kamen die Grand-maman und der Grand-papa von Pratteln. Und die beiden Grosseltern-Parteien, leider muss ich es so sagen, waren sich spinnefeind. Ich würde sagen, sie hassten sich! Und sie liessen es sich auch gegenseitig spüren, vor uns und gerade auch an Weihnachten. Da kam trotz reich geschmücktem Tannenbaum keine Stimmung im Sinne von «O du fröhliche» oder «Stille Nacht, Heilige Nacht» auf. Und der Retter war für uns nicht Christus, sondern die Geschenke, die wir trotz mieser und eigenartiger Stimmung gerne entgegennahmen. Oft hatte ich diese schon vor Weihnachten entdeckt und heimlich mit schlechtem Gewissen bewundert. So erinnere ich mich an meinen wunderschönen Teddybären, der oben auf dem Buffet versteckt war. Vorsichtig und mit Herzklopfen öffnete ich das Geschenkpapier und knuddelte meinen Teddy. Es war zu Hause sonst niemand da, mit dem ich hätte kuscheln können. Genügend Geld, viel Arbeit, trotzdem Kälte! Und leider vermochten auch die Geschenke nicht den Frieden auf Erden zu bringen und schon gar nicht den fehlenden Frieden in der Familie zu ersetzen.

Mein Bruder Peter tickte ganz anders als ich. Er lebte still und zurückgezogen, angepasst und brav. Er hatte immer schön Ordnung in seinem Zimmer, während sich auf meinem grossen Schreibtisch immer allerhand ansammelte und stapelte. Eigentlich bewunderte ich ihn, hatte aber nur sehr wenig Kontakt zu ihm. Jeder ging seine eigenen Wege. Im Nachhinein bedaure ich dies. Bei ihm stellte sich nie die Frage, was er werden wollte. Er hatte zu gehorchen und des Vaters Pläne umzusetzen: 2 Jahre Handelsschule in Basel, Besuch der Ecole d'Art in La Chaux-de-Fonds sowie anschliessend 3 Jahre Graveurlehre in Stuttgart und last but not least 2 Jahre Weiterbildung in Solna (Schweden) und Toronto (Kanada). Dies mit dem Ziel, im Geschäft die Arbeit des Vaters dereinst in Würde fortzuführen.

Während seiner Stuttgarter Zeit schien mir der grosse Bruder ein rettender Anker zu sein. Ich muss so um die 14 oder 15 Jahre alt gewesen sein, als sich meine Eltern wiedermal so heftig stritten, dass ich nur noch eines wollte, möglichst weit weg von zu Hause! Kurz entschlossen bestieg ich den Zug nach Stuttgart, wo mein Bruder die Graveurlehre absolvierte. Im Bahnhof Stuttgart angekommen, rief ich ihn an. Gott sei Dank! Er war an diesem Samstag noch zu Hause und holte mich am Bahnhof ab. Am Abend nahm er mich mit in den Ausgang, und ich durfte zusammen mit ihm und seinen Kollegen feiern. Mein pflichtbewusster Bruder hatte umgehend meine Eltern angerufen, sodass mir fast nichts anderes übrig blieb, als am nächsten Tag wieder reumütig nach Hause zurückzukehren. So war ich gezwungen, die streitbeladene Atmosphäre im Elternhaus weiterhin auszuhalten, obwohl ich dem allem sehr gerne entflohen wäre.

Das Ferienhaus in Weggis

Aus Verletztsein und Verzweiflung begann meine Mami dauernd an meinem Vater herumzunörgeln und ihn zu kritisieren. Die Situation besserte sich nicht, als mein Vater 1960 in Weggis am Rigi ein Ferienhaus baute. Zwillingshaus nannten wir es, weil der grössere Teil für unsere Familie, der kleinere für Omi bestimmt war. Die Konflikte waren vorprogrammiert. Einerseits das angespannte Verhältnis zwischen Mama und Omi. Andrerseits war zu befürchten, dass dies eine neue Absteige für den Vater und seine Freundin werden würde. Die ganze Situation machte mich sehr traurig. Um allen noch mehr zu imponieren, kaufte er noch ein tolles Motorboot. An Materiellem und Reichtum fehlte es unserer Familie wirklich nicht, aber an Liebe!!! Aus heutiger Sicht möchte ich hier das passende Gleichnis vom reichen Grundbesitzer einfügen:

«Jesus erzählte ihnen dazu eine Geschichte: »Ein reicher Grundbesitzer hatte eine besonders gute Ernte gehabt. 'Was soll ich jetzt tun?', überlegte er. 'Ich weiß gar nicht, wo ich das alles unterbringen soll! Ich hab's', sagte er, 'ich reiße meine Scheunen ab und baue größere! Dann kann ich das ganze Getreide und alle meine Vorräte dort unterbringen und kann zu mir selbst sagen: Gut gemacht! Jetzt bist du auf viele Jahre versorgt. Gönne dir Ruhe, iss und trink nach Herzenslust und genieße das Leben!' Aber Gott sagte zu ihm: 'Du Narr, noch in dieser Nacht werde ich dein Leben von dir zurückfordern! Wem gehört dann dein Besitz?'» (Lukas 12,15–21)

Bibel und Evangelium waren kein Thema in unserer Familie. Dem Papier nach waren meine Eltern reformiert. Die Kirche kannten sie aber nur von aussen. Erst in späteren Jahren besuchte meine Mama ab und zu einen Gottesdienst in der Église française de Bâle. Ich war zwar als Baby getauft worden, und später besuchte ich den Konfirmandenunterricht mit nur wenig Begeisterung, ich fand ihn langweilig. Kurz zurück zum Gleichnis vom reichen Grundbesitzer. Mein Vater war stolz, in Weggis ein sehr schönes Ferienhaus gebaut zu haben. Aber ähnlich wie im Gleichnis: Über Nacht wurde dieses kleine Bijou im Sommer 2005 von einer Schlammlawine zerstört und durfte aus Sicherheitsgründen nicht wieder aufgebaut werden.

Nach aussen hin die Vorzeigefamilie

Nach aussen hin hatten wir als Vorzeigefamilie einfach zu funktionieren, gegenüber allen immer nett und brav zu sein und den Schein zu wahren. Wir wussten, dass meine Mutter noch eine Schwester Simone hatte, die offenbar Selbstmord begangen haben soll. Darüber wurde aber nie ein offenes Wort gesprochen, sozusagen totgeschwiegen. Und da war noch wie erwähnt das gestörte Verhältnis von meiner Omi zu ihrer Schwiegertochter, meiner Mami, und umgekehrt. Die schenkten sich nichts! Und als Kind hing ich dazwischen. Eigentlich wollte ich ja beide gern haben, so waren auch diese Streitereien immer nur schwer zu ertragen. Ich wusste nie, wer in der Familie die Wahrheit sagte, das belastete mich sehr.

Heute frage ich mich, ob ich mit meinen Aufzeichnungen nicht ein Familienbashing betreibe und meinen Eltern und Grosseltern nicht den nötigen Respekt entgegenbringe. Das war und ist nicht meine Absicht. Es gab für mich auch schöne Momente. Schon mit etwa 12 Jahren durfte ich auch die Maschinen in der Werkstatt benutzen und mir etwas basteln. Das liebte ich. Auch erinnere ich mich, dass der Vater am Wochenende neben mir sass, während dem er Büroarbeiten erledigte. In Erinnerung bleibt mir auch noch eine Hochgebirgstour zusammen mit dem Vater, meinem Bruder Peter und einem Bergführer. Von der Diavolezza aus stiegen wir mit Fellen an den Skis bis zum Gipfel des Piz Palü, dem 3905 m hohen Berg im Berninamassiv. Für die Überquerung des Grates steckten wir die Skis in den Rucksack, montierten die Steigeisen. Anschliessend folgte eine rasante Abfahrt ins italienische Valle di Campo Moro. Natürlich fanden wir das "lässig" und waren auch ein bisschen stolz. Am allermeisten aber unser Vater, der dieses Erlebnis gerne bei Freunden zum Besten gab. Ich versuche, einfach offen und ehrlich über meine Kindheit zu berichten. Ich vermisste in meiner Kindheit das Geliebtwerden, das Geborgensein und sehnte mich immer nach Frieden in der Familie, nach Wahrheit und Gerechtigkeit. Dieser Wunsch war tief in mir!

Meine Ausbildungs-, Lehr- und Wanderjahre

Nach der Primarschule besuchte ich die Realschule, was andernorts der Sekundarschule entspricht. Da ich keine Ahnung hatte, was ich werden wollte – im Gegensatz zu meinem Bruder, hatte mein Vater keinen Plan für mich –, meldeten mich meine Eltern im Jahr 1963 in der Frauenarbeitsschule Basel an. Damals konnte man die Haushaltsgrundausbildung auch in französischer Sprache absolvieren. So lernte ich während eines Jahres Nähen, Stricken, Flicken, Bügeln, Kochen, aber auch so etwas wie Theaterspielen. Alles auf Französisch! Das machte mir Spass! Danach schickten mich meine Eltern in eine zweijährige Handelsschule, die ich mit einem mässigen Fachabschluss beendete, da mich der Lehrstoff nicht zu fesseln vermochte. In dieser Zeit reifte in mir der Wunsch, Kindergärtnerin zu werden. Ich war immer gerne mit andern Kindern zusammen, etwas, was mir zu Hause fehlte. Als Vorbereitung aufs Seminar absolvierte ich ein Praktikumsjahr. Mein erster Platz wurde mir im appenzellischen Gais zugewiesen. Von Anfang an fühlte ich mich dort nicht wohl. Einerseits hatte der Heimleiter etwas Mysteriöses, Unheimliches, andrerseits verlangte man von mir schon Tätigkeiten, als wäre ich schon voll ausgebildet. Also verliess ich das Appenzellerland und konnte danach im Basler Kinderspital Kinder hüten, die ambulant behandelt wurden. In meinem Praktikums-bericht schrieb ich: *«Den ganzen Tag komme ich mit vielen Kindern zusammen, die körperlich schwer behindert sind. Manche können weder stehen noch sitzen, und auch das Reden ist für diese Kinder nicht selbstverständlich... Ich bewundere Menschen, denen das Gehen, Reden und sonst etwas Wichtiges nicht möglich ist und die trotz allem zufrieden sind.»*

Nach und nach lernte ich den Beruf der Physio-therapie näher kennen. Er faszinierte mich zunehmend. Das neue Ziel vor Augen, setzte ich alle Hebel in Be-wegung, um möglichst bald die Aufnahmeprüfung als Physiotherapeutin zu machen.

So absolvierte ich noch ein halbes Jahr Praktikum im Spital Bethesda als Hilfsschwester. Endlich konnte ich danach meinen Willen durchsetzen, bestand die Aufnah-meprüfung und begann die 3-jährige Lehrzeit als Physio-therapeutin. Nach ein paar Monaten Theorie mit viel Kopfwissen und Kennenlernen des Körpers (Anatomie und Biomechanik, Physiologie und klinisches Basiswissen, Haltung und Bewegung, Extremitäten Knie, Hüfte, Fuss, Schulter, Ellbogen, Hand sowie dem grossen Thema Lendenwirbelsäule, Becken), begannen auch die Praktika in diversen Abteilungen. Da konnte ich erstmals das Gelernte an Fleisch und Blut anwenden. Das machte mir Spass, obwohl ich nach einem Tag auf den Füssen und anstrengenden Massagen abends völlig erschöpft und müde ins Bett fiel. Insgesamt bereitete die anforderungsreiche Ausbildung, die ich zusammen mit sieben andern Girls machen durfte, richtig Freude. Wir hatten es auch untereinander lustig und sehr gut. Nach 3 Jahren konnte ich mein Diplom als Physiotherapeutin mit guten Noten entgegennehmen.

Die frühe Verlobung

Sehr früh lernte ich Guido im Skiclub Basel kennen. Er war etwa 2 Jahre älter als ich. Beide fuhren wir leidenschaftlich gerne Ski und Skirennen. Da an den Rennen noch wenig Frauen teilnahmen, durfte ich oft aufs oberste Treppchen steigen und einen Pokal entgegennehmen. Das gab mir etwas Selbstvertrauen, das mir vorher weitgehend gefehlt hatte. Bei der Mutter von Guido durfte ich bald ein- und ausgehen. Sie mochte mich, das gab mir das Gefühl von Geborgenheit und Wertschätzung. Auf ihrem Nachttisch lag eine Bibel, was mir fremd war, aber doch imponierte. Guido arbeitete als Zeichner im Geschäft seines Vaters. Für sein Alter verdiente er schon sehr gut. So unternahmen wir Reisen, verbrachten gemeinsame Ferien und waren glücklich. Aus der anfänglichen Sportsfreundschaft wurde mehr. Nachdem wir uns schon fünf Jahre kannten, verlobten wir uns im feierlichen Rahmen in Anwesenheit beider Familien und Freunde. Dabei wurden wir reich beschenkt und begannen die Aussteuer anzulegen. Mit der Heirat wollten wir noch warten, mindestens bis ich meine Lehre abgeschlossen hatte. Eigentlich schien für unsere gemeinsame Zukunft alles bestens aufgegleist, doch es sollte anders kommen.

Meine erste Stelle in St. Moritz

Nach meinem Diplom als Physiotherapeutin blieb ich noch ein halbes Jahr an der Ausbildungsstätte. Da ich Guido schon sehr lange kannte und wir verlobt waren, hatte ich den Wunsch, vor der Heirat noch einmal etwas allein, frei und selbstständig zu sein. Vielleicht folgte ich einer inneren Stimme, ohne dass ich dies bewusst wahrgenommen hätte. Guido war damit einverstanden, so bewarb ich mich als 22-Jährige auf ein Inserat hin für eine Wintersaison in einer Physiotherapie in St. Moritz. Die Vorfreude auf das Skifahren in der Freizeit spielte dabei eine nicht unbedeutende Rolle. Schliesslich war dieser Nobelkurort selbst in Binningen ein Begriff. Und mit Guido war ausgemacht, dass er so oft wie möglich an Wochenenden und Feiertagen aufkreuzen sollte. Ich erhielt die Stelle und auch ein Zimmer neben der Wohnung des Chefs. Zur Toilette musste ich allerdings in die Wohnung der Besitzer, und duschen konnte ich in der Therapie. Ich war noch jung und vermutlich auch etwas naiv, so störte mich dies nicht. Ich war froh, eine Stelle im Engadin zu haben und freute mich schon auf schöne Skitage. Der Inhaber war ein älterer Herr. Er betätigte sich als Masseur, während seine Frau als Bardame arbeitete. Wie ich später vernahm, stellte er jedes Jahr eine junge Physiotherapeutin an, damit er seine Arbeitsleistung auch über die Krankenkasse abrechnen konnte. Diesmal war ich die Glückliche, meinte ich jedenfalls. Schon am ersten Abend merkte ich, dass etwas nicht ganz koscher war. Während seine Frau an der Bar war, lud er mich zum Fernsehschauen und einem Willkommensapéro ein. Er schenkte mir einen Cognac ein, und ich spürte, dass er meine Nähe suchte und etwas von mir wollte. Ich widerstand, heute denke ich, es war Gottes Güte und Bewahrung, dass nichts passierte.

Ein Patient, der mein Leben auf den Kopf stellt

Trotz des unschönen Einstieges ging ich mit Eifer und Freude an die Arbeit. Schon bald fand sich in der Agenda ein Herr Kohler mit Jahrgangsangabe 1951, den ich therapieren sollte. Das wird wohl ein knapp 19 Jahre junger Übermütiger sein, den es zwickt im Rücken oder sonst an einem Gelenk. Das kriegen wir hin! Pünktlich läutete es an der Praxistür. Bei neuen Patienten öffnet man diese immer etwas spannungsvoll. Wie sieht er aus, ist er nett oder mürrisch, gepflegt oder riecht er nach Schweiss oder Stall? Ich öffnete die Tür und sah einen strahlenden Jüngling im Rollstuhl! Oh Schreck, was mach ich jetzt mit dem, war mein erster Gedanke! Bisher hatte ich einige Arten von Lähmungserscheinungen behandelt, aber noch nie einen Paraplegiker.

«Kommen Sie mal rein, junger Mann!» Er rollte in den Behandlungsraum und sein frohes Lachen erhellte den Raum und die Atmosphäre. Nachdem ich kurz seine Geschichte gehört hatte, weshalb er im Rollstuhl war, hob ich ihn auf den Behandlungstisch. Er stützte sich mit den kräftigen Oberarmen am Schragen, ich packte ihn an den Beinen und schwups, lag er da. Ich begann zaghaft mit einem Krafttraining an den Oberarmen und mit Gleichgewichtsübungen. Mehr fiel mir bei der ersten Behandlung nicht ein, aber er schien es zu geniessen. Bei einer der nächsten Sitzungen musste er sich zum Gleichgewichtstraining aufsetzen, ich warf ihm einen Ball zu, den er fangen sollte. Manchmal kippte er nach vorne, manchmal nach hinten, oft vermochte er den Ball auch zu fassen, er war nicht ungeschickt, der Georges Kohler. Aber einmal übertrieben wir es: Vermutlich warf ich ihm den Ball etwas zu forsch zu, Georges fing ihn, kippte aber nach hinten, und mit einem Rückwärtspurzelbaum verliess er den Schragen und landete hinter diesem auf dem Boden! Fast wäre unser Übermut bestraft worden, denn sein Kopf flog nur 2–3 Zentimeter an einem Tablar vorbei, das mit einer Metallleiste eingefasst war. Da hatte jemand seine schützende Hand über uns gehalten! Später lachten wir oft über diesen und andere Vorfälle, und ich meinte spontan: *«Falls du wegen mir einen Dachschaden erleidest, muss ich dich wohl oder übel heiraten.»* Längst waren wir zum Du übergegangen.

Die Therapien mit Georges wurden zu meinem Highlight, vielleicht auch zu seinem? Jedenfalls waren wir uns vom ersten Augenblick an sympathisch. Dass er mich offenbar auch mochte, zeigte er bald darauf, als er mich zu seiner Familie nach Hause einlud. Da ich nur ein kleines Zimmer ohne eigene Toilette hatte, immer umgeben von diesem Playboy, war dies für mich eine sehr willkommene Abwechslung. Sofort war ich fasziniert von der ansteckenden Fröhlichkeit und Herzlichkeit der Familie Kohler.

Für mich öffnete sich eine völlig neue Welt, die ich 20 Jahre lang vermisst und unbewusst auch gesucht hatte. Sie nahmen mich in Liebe auf, und wir hatten viel zu Lachen. Auch ihr Lebensstil war für mich völlig neu. Sie hatten ein wunderschönes Haus an bester Lage in Pontresina, aber da war kein Dünkel, kein Wir-haben-es-Geschafft- oder ein Wir-gehören-zur-Oberschicht-Gefühl. Einfach normal, lieb, warmherzig, gastfreundlich und vor allem mit viel Humor. Und ohne den Rückhalt von Georges und seiner Familie hätte ich es höchstwahrscheinlich an dieser dubiosen Stelle nicht lange ausgehalten. Aber so war es erträglich, und die Vorfreude auf die nächste Therapiesitzung oder einen Besuch bei seiner Familie wuchs kontinuierlich.

Kapitel 2
Georgeli, ein verhaltensorigineller Junge

Gott sei Dank habe ich, der Georges, noch eine um vier-
einhalb Jahre jüngere Schwester! *Nadine* war von Kind
auf viel ordentlicher und angepasster als ich, und nur ihr
habe ich es zu verdanken, dass nebst meinen Buben- und
Jugendstreichen noch etwas über die Herkunft unserer
Eltern und über unser Familienleben vorhanden ist.
Ihren Aufzeichnungen entnehme ich, dass ich, genannt
der «Georgeli» oder «Le vilain Djodjo», am 7. März
1951 im Kreisspital Samedan zur Welt gekommen bin.
Es war im Lawinenjahr 1951, als Pontresina und die
Alpen tief im Schnee versanken und sich die Friedhöfe
mit zahlreichen Lawinenopfern füllten. Insgesamt waren
es 258 Tote, wovon 91 in der Schweiz. Da war meine
Ankunft hier auf Erden wohl willkommen.

Meine Eltern

Wer waren meine Eltern und wie hatten sie sich kennengelernt? Auch darüber hat uns *Nadine* viel Interessantes
hinterlassen. Sie beginnt ihre wertvollen Aufzeichnungen
mit unserem *Vater Robert Kohler*.

«Zusammen mit seinem Zwillingsbruder Willi kam er
am 26. Mai 1915 zur Welt, gemeinsam erhöhten sie die
Zahl der Kohler-Kinder auf 14. Es waren schwierige
Zeiten, mitten im Ersten Weltkrieg. Der Vater war ar-
beitslos und im Alkohol Trost suchend, die Mutter nur

mit einem kleinen Verdienst als Putz- und Waschfrau. Die Wohnung im solothurnischen Zuchwil war zu klein für die Grossfamilie, so mussten sich Röbi und Willi das Bett teilen. Im Gegensatz zu Willi war Röbi sehr fleissig und kreativ. Noch vor Schulbeginn sammelte er "Rossbollen" (Pferdeäpfel) ein und brachte sie Wohlhabenden für ihre Rosenbeete. Mit solchen und ähnlichen Einfällen kam er zu etwas Taschengeld und konnte den ärgsten Hunger stillen. Seinen Traum, Holzschnitzer zu werden, musste er begraben, da man seine Ausbildung in Brienz nicht hätte bezahlen können. Schliesslich konnte er in der Druckerei Vogt-Schild in Solothurn eine Buchdruckerlehre absolvieren. Es war für Robert eine grosse Ehre, als er dank seiner hervorragenden Qualifikation anlässlich der Landesausstellung 1939 in Zürich die brandneue Vierfarbendruckmaschine einem grossen Publikum vorführen durfte. Während dieser «Landi» wurde ihm eine interessante Stelle in Lichtensteig SG angeboten. So zog er in die Ostschweiz und mietete dort ein Zimmer in der Pension Huber.

Meine Mutter Andrée Rochat wurde am 24. November 1920 als jüngste von drei Schwestern in Lausanne geboren. «Drinette» wuchs wohl behütet in einem christlichen Elternhaus auf, war temperamentvoll und sprühte nur so von guten Ideen, vor allem wenn es darum ging, Streiche zu spielen. Der Vater war Posthalter in guter Anstellung. Dank seiner guten Sprachkenntnisse verbrachte die Familie die Sommerferien in Zermatt, wo er während der Touristensaison die Poststelle verwaltete. In Lausanne war der Gottesdienstbesuch am Sonntagabend in der Gemeinde der Darbisten selbstverständlich, das gemeinsame Gebet zu Hause ebenso.

Die Eltern legten aber auch grossen Wert auf eine gute Bildung ihrer drei Töchter. Nach dem Besuch der Höheren Handelsschule reiste Andrée als 18-Jährige allein nach Grossbritannien, um Englisch zu lernen. Nach Ausbruch des Zweiten Weltkrieges kehrte sie zurück und trat in Lichtensteig eine Stelle in einer Textilfabrik an, um Deutsch zu lernen. Ihr Zimmer bezog sie in der Pension Huber.

Das junge Paar

Der Zimmernachbar von Andrée, Röbi Kohler, verliebte sich sogleich in die charmante Waadtländerin. Jede freie Minute verbrachten sie gemeinsam. Jede Bergspitze wurde erobert. Im Wald sammelten sie Pilze und kochten diese an einer Feuerstelle im Freien. Beide waren gute Skifahrer und nahmen an Skirennen teil. Röbi machte sich zudem einen Namen als Skiakrobat. Er benutzte die Dächer von Alphütten als Sprungschanze, um Saltos mit seinen über zwei Meter langen Skis auszuführen. Unterbrochen wurde diese herrliche Zeit durch den Militärdiensteinsatz von Röbi. Dort steckte er sich mit Tuberkulose an und wurde ins Lungensanatorium Leysin VD eingewiesen. Sein Zustand war derart ernst, dass man mit dem Schlimmsten rechnen musste. Sein Zimmernachbar war bereits verstorben. Ein polnischer Arzt hatte Mitleid mit dem jungen Paar und entschloss sich, in seiner Freizeit einen riskanten Eingriff vorzunehmen, um Röbi eventuell doch noch vor dem Tod retten zu können. Er entfernte mehrere Rippen, um den betroffenen Lungenflügel zu durchstechen. Und wie durch ein Wunder überlebte er mit nur einem Lungenflügel. Gott sei Dank! Die Rekonvaleszenzzeit dauerte sehr lange. Aber nicht nur das. Seine liebe Andrée wurde durch die vielen Besuche auch mit Tuberkulose angesteckt und musste in einem benachbarten Sanatorium behandelt werden. Im Gegensatz zu Röbi erholte sie sich schnell. Nun nutzte er die lange Heilungszeit, um sich seinem Traum, dem Holzschnitzen, zu widmen. Er schnitzte eine Holzperlenkette für seine geliebte Drinette als Hochzeitsgeschenk. Daneben stellte er hübsche Holzbroschen her. Die Krankenschwestern bewunderten seine Künste und baten vermehrt darum, dass er auch für sie etwas schnitzen sollte. Die Bestellungen nahmen zu, und so wurde der Balkon seines Zimmers in eine Produktionsstätte verwandelt. Es entstanden Alpenblumen, Skihasen und vieles mehr. Das beliebteste Motiv war ein Bambi.

Nach der Entlassung aus dem Sanatorium feierten die beiden ihre Hochzeit im Kreise der Familie in Lausanne. Um ein würdiges Mahl aufzutischen, hatten alle schon lange vorher Essenscoupons gesammelt, die während des Krieges abgegeben wurden. Die Ärzte empfahlen den Frischvermählten, sich wegen Röbis reduzierter Lungenfunktion möglichst nach einer höher gelegenen Ortschaft in den Bergen umzusehen. So zog das junge Paar nach Arosa. Er produzierte weiter Broschen, die fortan in vielen Spitälern und Sanatorien angeboten wurden. Bei einem Ausflug entdeckten sie in Pontresina an der

Bahnhofstrasse ein leeres kleines Ladenlokal. Kurz entschlossen mieteten sie dieses und zogen in eine Mansardenwohnung. Später, als sie nebst Holzartikeln auch Souvenir-Kitsch anboten, konnten sie im Hotel Languard ein Lokal mieten. Nun begann das Geschäft zu florieren, und die Zeit schien jetzt reif, an ein Kind zu denken.»

Der Georgeli oder «Le vilain Djodjo»

Und eben, dieses Kind war ich, der Georgeli. So nannten mich meine Eltern, ich war auch noch klein, herzig und brav, wie Fotos belegen. «Bubu» (Aussprache *Bübü*) nannte mich vor allem meine Maman. Einer war wohl eifersüchtig auf meine Ankunft. Der Kater «Gamin» hatte Papa immer vom Haus zum Laden hin- und zurückbegleitet. Nach meiner Geburt verschwand er spurlos. Der erhoffte sich nichts Gutes vom neuen Erdenbürger. Meine kleine Schwester *Nadine*, die wir bereits kennengelernt haben, nannte mich «Le vilain Djodjo». Sie hatte allen Grund dazu, musste sie doch meist als Versuchskaninchen meiner Streiche herhalten. Sie hat mir aber verziehen und berichtet weiter über unsere Jugendzeit:

«Meine Eltern bauten ein schönes Haus an bester Lage in Pontresina. Jedes Detail liebevoll gestaltet, jeder Stein im Garten aus dem Berninagebiet geholt. Meine Maman war hochschwanger mit *Philippe*, als die Familie ins neue Heim umzog. Das Familienleben war für unsere Eltern das Wichtigste, und der liebevolle Umgang miteinander wurde uns vorgelebt. Am Tisch wurde viel gelacht, beim Abwaschen gesungen. Wandern, Picknicken, Boule spielen und zweimal im Jahr Strandferien in Jesolo während der Vor- und Nachsaison waren wunderschöne Erlebnisse.

Unser Vater

Da der kleine Kiosk in Pontresina immer besser lief, wechselte er den Standort des Geschäfts nach St. Moritz. An Sonntagen half oft die ganze Familie, die zahlreichen Car-Touristen zu bedienen. Alle Währungen wurden angenommen und damit unsere Kopfrechnenfähigkeiten gefördert. Nicht nur im Geschäft war «le Vatre», wie wir ihn nannten, erfolgreich. Er wurde Curling-Schweizermeister und reiste mit seiner Crew nach Abidjan an die Elfenbeinküste, um auch dort den Copa-Romana-Pokal zu holen. Er amtete als Pilzkontrolleur und mehrmals wurde er Fischerkönig. Trotz all dieser Aktivitäten war er nie gestresst. Er war sehr gesellig und verstand es, ganze Gesellschaften mit Zaubertricks und «Schwyzerörgeliklängen» zu unterhalten. Gastfreundschaft wurde in der «Muntanella» grossgeschrieben. Papa verstand es, wunderbare Menüs zu kochen. So verwöhnte er unsere Gäste mit Murmeltierragout, Forellen oder andern Spezialitäten, egal ob reiche Curlingfreunde aus aller Welt oder den in einem Schopf hausenden Strassenfeger von Pontresina. Beim Einkauf im Dorfladen tauschte er eifrig mit den Hausfrauen Rezepte aus. Er war immer perfekt gekleidet und trug einen Hut, den er galant vom Kopf zog, wenn er grüsste.

Maman war von stillerem Wesen. Sie lernte Romanisch und später die Sprache der Bibel, Hebräisch. Dreimal reiste sie in ihrem Leben nach Israel, um die Wirkungsstätten von Jesus zu besuchen. Sie führte die Geschäftsbuchhaltung und musste Papi oft zurückhalten, wenn er die Budgetlimiten nicht einhielt. Sie befasste sich intensiv mit der romanischen Kultur und Literatur und pflegte intensive Kontakte, unter anderem mit Arthur Caflisch, einem bekannten Poeten, der ihr unzählige Gedichte widmete.

Sie hatte ein besonderes Flair für Tiere. Als Kind brachte sie ihren Mäusen Kunststücke bei, übte geduldig mit unserem Papagei Jacot verschiedene Worte und zähmte eine junge Elster, die ihr im Büro auf der Schulter hockte. Wenn es Ticki, der Elster, zu langweilig wurde, zerrte sie das Tintenband aus der Schreibmaschine oder klaute einen Stift und verschwand damit aus dem immer offenen Fenster in den Garten. Dann hörte man Maman lachen, wenn sie die Elster verfolgte, und diese neckisch mit ihrer Beute von einem Ast zum nächsten flog, und immer wieder wartete, bis Maman den Arm nach ihr ausstreckte. Der Hund gehörte zur Familie, ebenso wie zahlreiche Enten, Gänse, Meerschweinchen und Zwerghasen. Alle wurden liebevoll versorgt und verwöhnt.

Maman war immer für uns Kinder da. Jeden Abend erzählte sie uns spannende Geschichten aus Jugendbüchern oder aus der Bibel. Wir wurden immer sehr ermutigt, unsere Talente auszuleben, sei es in der

Schule, im Sport oder im Spiel. Uns wurden viele Freiheiten gewährt, und wenn wir Unfug trieben, mussten wir uns entschuldigen und wurden zur Wiedergutmachung angehalten. Manchmal wäre uns eine Strafe lieber gewesen. Wenn wir auf die höchsten Arven kletterten, um Zapfen zu sammeln, und voller Harz an Kleidung und Körper zurückkamen, wurden wir ohne Vorwürfe geschrubbt. Maman verstand unsere Abenteuerlust; sie hatte sie uns vererbt. Verboten war es, zu fluchen. Das wurde nicht geduldet.» *Soweit Nadine.*

Ein anspruchsvolles Kind

Als Susi und ich, der Georges, beschlossen, unser bewegtes Leben aufzuzeichnen, wurde mir im Rückblick bewusst, was für ein anspruchsvolles Kind ich für meine Eltern gewesen sein muss. Ein Freund, dem ich die Notizen meiner Kindheit zum Lesen gab, meinte trocken: *«Heute würdest du vom Schulpsychologen vermutlich als Kind mit einem Hyperaktivitätssyndrom deklariert.»* Ich kramte in meinen Erinnerungen, und mir kamen leider nur Lausbubenstreiche in den Sinn. Als Leser/in müssen Sie sich auf einiges gefasst machen. Und ich glaube, dass ich diese Erinnerungen nicht aufgebauscht habe, um meine Geschichte spannender zu machen. Im Gegenteil, ich beschreibe nur einen Bruchteil meiner Streiche und übe mich in Zurückhaltung. Und eines will ich vorwegnehmen: Aus meiner Perspektive handelte ich nie aus Boshaftigkeit, sondern folgte einem inneren Drang, meiner Kreativität und Fantasie Ausdruck zu verleihen.

Wir hatten eine ältere Verwandte aus der Romandie zu Besuch, die während des Aufenthalts bei uns verstarb. (Ich hoffe, dass ich nicht der Grund dafür war!) Da die Maman dadurch vieles zu organisieren und erledigen hatte, und ich schon als Kleinkind viel Blödsinn angestellt haben soll, sperrte sie mich kurzerhand in ein Zimmer und setzte mich auf den Nachttopf. Als sie wieder reinkam, sollen alle Wände mit einer stinkenden, klebrigbraunen Masse verschmiert gewesen sein.

Bevor ich in den Kindergarten zu Tante Ursina ging (wir nannten sie Furzmaschine), durfte ich jeden Morgen zu Maman ins Bett. Sie erzählte mir dann immer lange Geschichten. Zuerst waren es solche wie «Rotkäppchen», dann erfand sie eigene Kriminalgeschichten, die immer spannender wurden. Und als Höhepunkt las sie mir die Geschichte «Die Grube und das Pendel» von Edgar Allan Poe vor. So spannend, dass ich abends vor dem Schlafengehen unters Bett schaute, ob keine Einbrecher darunter lagen.

Während meiner Kindergartenzeit teilte ich das Zimmer mit meiner kleinen Schwester Nadine, die im Holzgitterbett lag. Da sie das Bett nicht selbstständig verlassen konnte, kam ich auf die glorreiche Idee, einige Gitterstäbe durchzusägen. Als der Vater dies entdeckte, musste ich mich für eine von drei möglichen Strafen entscheiden: «Fuditätsch», eine Nacht bei den Mäusen im dunklen Keller oder eine Woche Kinderheim. Ich entschied mich für das Erste. Beim Vollzug litt der Vater bedeutend mehr als ich.

An die Primarschule, wo in Rätoromanisch unterrichtet wurde, habe ich eigentlich angenehme Erinnerungen, und ich kam mit den Lehrern gut aus. Aber der Religionsunterricht des Herrn Pfarrer war nicht so mein Ding, weshalb ich ihn so oft wie möglich zu ärgern versuchte. Als er einmal meinte, mich beim Schiessen eines Radiergummis erwischt zu haben, schlug er mir die Nase blutig. Dabei war ich ausnahmsweise mal unschuldig. Als er es bemerkte, erhielt ich eine Gutschrift für den nächsten bevorstehenden Ärger, der kam so sicher wie das Amen in der Kirche.

Schon als kleines Kind zeigte sich, dass ich einen grossen Drang zum technischen Basteln verspürte. Alles musste genauestens untersucht werden, so zum Beispiel auch das Radio. Alle Knöpfe wurden abgeschraubt und das Innere des Gerätes inspiziert. Als mein Schwesterchen Nadine etwas grösser war, fand ich in ihr ein gutes Objekt, um meiner Fantasie freien Lauf zu lassen. Wenn sie mir nicht gehorchen wollte, schlitzte ich ihren Bären und Plüschtieren den Bauch auf und liess das Messer darin stecken, sie rannte dann schreiend zu den Nachbarn. Ich fand es cool.

In den Ferien in Caslano fand ich heraus, welche Kastanien Würmer hatten, die sortierte ich dann fein säuberlich aus und schenkte sie grosszügig meiner kleinen Schwester. Aber auch der Vater bekam meine Willensstärke zu spüren. Bei einem Spaziergang durch das Dorf sah ich in einem Schaufenster ein wunderbares Spielzeugauto, das ich unbedingt haben wollte. «Du hast doch schon unzählige solcher Autos», versuchte er mich zu beruhigen. Ich gab nicht nach, drängelte und zwängelte, vorläufig vergeblich. «*Tu criera!* (Du wirst schreien!)», sagte ich trotzig. Während meine Eltern in der Stube waren, legte ich dem Vater einige stachelige Kastanien ins Bett. Am nächsten Tag bekam ich mein Auto; leider hatte ich es bis am Abend vor lauter Spielfreude schon wieder vollständig demoliert.

Auch der jüngere Bruder Philippe, der zwei Jahre nach Nadine das Licht des Engadins erblickte, kam nicht ungeschoren davon. Der liess sich von mir gut reizen. Als er mir einmal aus Wut ein Werkzeug an den Kopf schmeissen wollte und ich mich duckte, ging die Fensterscheibe in Brüche. Bestraft wurde er, ich mimte den Unschuldigen. Der grosse Bruder war der Chef, und von den beiden Jüngeren verlangte er unbedingten Gehorsam. Auch meine Kindergarten-«Gspänli» bekamen ihr Fett ab. So habe ich meinem Freund Fausto mit einer Fackel alle Haare abgebrannt. Danach sah er irgendwie ganz anders aus.

Nach und nach wurden meine Experimente immer altersgerechter. Mit etwa fünf bis sechs Jahren bastelte ich ein eigenes kleines Flugzeug, mit dem ich vom Dach eines kleinen Geräteschuppens runterfliegen wollte. Als Material diente ein Früchtegitter, welches ich mit Dachlatten verstärkte. Ich montierte die Flügel und den Propeller und wagte mich damit aufs Vordach. Der Versuch misslang kläglich, ich blieb aber unverletzt. Das hinderte mich nicht, dem Nachbarsjungen auch einen Flug zu gönnen, diesmal vom höheren Dach. Ich hatte vorne eine starke Schnur montiert, mit der ich den Start von unten auslösen wollte. Zum Glück riss die Schnur. Fast gleichzeitig hatte eine Nachbarin unserem Treiben zugeschaut und meine Maman informiert. Nicht auszudenken, wenn da nicht ein Schutzengel bewahrend eingegriffen hätte.

Gerne erinnere ich mich daran, wie mir der Vater half, eine sehr grosse elektrische Modelleisenbahnanlage zu bauen. Der ganze Aufbau mit der naturgetreuen Nachahmung der Landschaft mit Tunnels, Viadukten, Bahnhöfen und Häusern war eher die Stärke meines Vaters. Für alles Elektrische war ich zuständig. Alles was damit und mit Geschwindigkeit zu tun hatte, faszinierte mich. So liess ich die Züge mit Höchstgeschwindigkeit durch die Anlage rasen und veranstaltete Rennen. Dass dabei ab und zu etwas in die Brüche ging, gehörte für mich zum Spiel.

Wie bereits erwähnt, faszinierte mich die Welt des elektrischen Stroms immer mehr. Ich kapierte schnell wie das alles funktioniert mit Wechselstrom, Gleichstrom, Ampere, Watt und Volt usw. Vor allem die Welt von Radio, Tonband und später Fernseher war die meine. Schon früh stand für mich fest, ich wollte mal Elektrotechniker werden und ein eigenes Radio- und Fernsehgeschäft führen. Aber ich fing bescheiden an. Ich liebte es, auf meinem Tonbandgerät schöne Musik aufzunehmen und zu hören. Wieso sollte ich diese mit unserer Nachbarsfamilie nicht teilen können? So zog ich nachts im Pyjama eine Leitung durch den Garten ins Nachbarhaus, was ich vorher mit ihnen abgesprochen hatte. Somit konnten sie meine Musik auch hören. Da meine Eltern mir nicht erlaubt hatten, die Hörspielserie "Polizist Wäckerli" zu hören, kam mir die Idee, dass ich die Richtung der Musikleitung so ändern könnte, dass ich sie an Nachbars Radio anschliessen könnte. Genial, es funktionierte! So konnte ich den damaligen Strassenfeger in meinem Bett auch mithören.

In der 6. Klasse wurden wir von einem jungen Lehrer namens Conradin Thom unterrichtet. Mit ihm verstand ich mich prächtig. Ich durfte bei ihm zu Hause einen TV-Apparat installieren samt Antenne. Das Gerät hatte ich bei einem Grossisten in Lausanne bestellt. Für uns beide ergab sich daraus ein gutes Geschäft.

Meine Kreativität steigert sich

Am Radio hatte ich gehört, dass die Verbrecher in Amerika auf einem elektrischen Stuhl hingerichtet werden. Könnte ich doch auch mal versuchen! Also bastelte ich so ein Ding. Als Versuchsperson musste ein Mädchen, das gerade in unserer angebauten Ferienwohnung weilte, herhalten. Sie war erfreut, an diesem Experiment teilnehmen zu dürfen. Ich band sie auf einem Esszimmertischstuhl fest, verband den linken und den rechten Arm je mit einem Kabel an einen Transformer, den ich ans 220-V-Netz anschloss. Dann drehte ich das Potenziometer langsam auf, und siehe da, es funktionierte. Mein Opfer wurde ganz blau und schrie fürchterlich. Im richtigen Moment kam meine Maman und konnte das Allerschlimmste verhindern. Wie durch ein Wunder kam meine Mutter verfrüht nach Hause. Glück gehabt, oder war es mehr? Heute weiss ich, ja!

Haarscharf ging auch die folgende Bastelei an einer Katastrophe vorbei. Mein Vater weigerte sich, mir zum

1. August, dem Schweizer Nationalfeiertag, Feuerwerk zu kaufen. Was blieb mir anderes übrig, als mir im Keller selbst ein Feuerwerk zu basteln. Im Chemieunterricht am Lyceum, ich war etwa 14 Jahre alt, hatte ich gelernt, dass man einen Knallkörper aus einem 1:1-Gemisch von Unkrautvertilger und Zucker unter Zugabe von Aralditbinder herstellen könne. So besorgte ich mir am Vortag des 1. Augustes diese Zutaten im Coop. Übersehen hatte ich, dass diese Kombination, ähnlich wie Nitroglyzerin, auch bei kleinster mechanischer Beanspruchung selbstentzündend sein kann. Nun brauchte ich nur noch eine Startrampe. So ging ich zum Dorfschmied und bat ihn, mir ein etwa 30–40 cm langes, unten zugeschweisstes Rohr zu fertigen, welches mit dem Stewi-Wäscheständer kompatibel war. In dieses Rohr stopfte ich die Mischung rein und verband es mit einem langen Draht mit einem Auslöszünder. Ich war überzeugt, dass der Verschlusskorken sehr weit fliegen würde. Nun mochte ich kaum erwarten, bis meine Eltern zur Nationalfeier gingen. Als sie endlich weg waren, montierte ich das Rohr im Garten, ging zusammen mit meinen Geschwistern und Nachbarskindern hinter einer Mauer in Deckung und betätigte den Auslöser. Die Detonation und die Rauchwolke waren bis St. Moritz zu hören und zu sehen!!! Nicht der Korken war raketenartig weggeflogen, das ganze Rohr samt Startrampe war explodiert.

Mein Vater, der zusammen mit ganz Pontresina andächtig der 1.-August-Rede des Gemeindepräsidenten gelauscht hatte, vermutete augenblicklich seinen Sohn hinter dieser Aktion. Bald kamen die Polizei und der Dorfschmied vorbei. Da nur Sachschaden entstanden war und angesichts meines kindlichen Alters, liessen sie es bei einer eindringlichen Ermahnung bewenden. Gar nicht erfreut war später mein Vater, als er sah, welchen Schaden der Unkrautvertilger im Garten angerichtet hatte. Ansonsten war es für meine Eltern klar, dass man als aufgewecktes Kind ab und zu etwas Aussergewöhnliches macht. Sie waren in ihrer Jugend auch keine fantasielosen Kinder gewesen. Und als ich die Geschichte meinem Chemie-Lehrer erzählte, meinte er trocken: *«Junge, Junge, tu das nie wieder!»* Gott sei Dank wurde bei diesem fahrlässigen Experiment niemand verletzt, auch keines der Kinder, die mit dabei waren. Einmal mehr hielt jemand seine schützende Hand über uns.

Nun ging ich auf Sendung

Im Jahr 1965 bastelte ich als 14-Jähriger zusammen mit meinem Cousin, der eine Elektronikerlehre absolvierte, einen Mittelwellen-Radiosender. Ich bestellte beim Dorfschmied eine 10 m hohe Senderantenne, die ich auf unserem Hausdach montierte. Mein ehemaliger Lehrer Thom stellte mir sein Tonbandgerät und seine Schallplattensammlung zur Verfügung. 2–3 Mal pro Woche stellte ich nun mit zwei Freundinnen eine eigene Sendung «La Muntanella» zusammen, bestehend aus Musikprogramm, Wunschkonzert, Quiz und Kurznachrichten. Gedacht war es für unser Dorf Pontresina, empfangen wurde es aber bis St. Moritz. Nach etwa einneinhalb Jahren kam mir die PTT auf die Schliche, der Sender wurde unter Strafandrohung im Wiederholungsfall konfisziert und stillgelegt. Etwas stolz war ich schon auf meine Leistung, erst recht, als meine Errungenschaft später im Postmuseum Chur ausgestellt wurde. Vielleicht hat ja Schawinski später meine Idee kopiert, als er 1979 «Radio 24» vom Pizzo Groppera ausstrahlte. Mein Vater war vermutlich auch etwas stolz auf seinen «Daniel Düsentrieb». So durfte ich jeweils sein schönes Auto in die Garage fahren, obwohl ich erst die 6. Klasse besuchte. Bald genügten mir diese paar Meter nicht mehr, deshalb fuhr ich auf der angrenzenden Wiese herum. Mit so einem rassigen Auto könnte man doch noch mehr machen als nur geradeaus und ein paar Kurven fahren. So baute ich auf der Wiese eine Schanze aus Holzbrettern und fuhr in ziemlichem Tempo darüber. Einmal ging es leider schief! Die Vorderradachse ging in Brüche!

Ja, was war ich bloss für ein Junge!? Vielleicht sagt der Aufsatz, den ich in der Sekundarschule zum Thema «ICH» schreiben musste, etwas darüber aus. Ich schrieb:

«Bald wurde ich ein unerträglicher Junge und stellte den ganzen Haushalt auf den Kopf. Ich habe jetzt schon 13 Jahre Krieg geführt mit meinen lieben Eltern, weil ich immer meinen Kopf durchsetzen wollte. ... Ich habe grosse Zukunftspläne. Jetzt besuche ich noch dieses Jahr die Sekundarschule, dann vier Jahre das Lyceum in Zuoz und danach noch vier Jahre die ETH. Dann endlich, endlich bin ich Radio-Fernsehingenieur.»

Der 8. März 1968, der Tag nach meinem 17. Geburtstag, sollte meinem Leben eine entscheidende Wendung geben. Es war ein wunderschöner Wintertag. Ich war ein guter Skifahrer und liebte vor allem Skirennen und Skiakrobatik. Meine Eltern hatten mich schon früh auf die Bretter gesetzt. Zusammen mit meinem Vater, der selber ein begeisterter Skiakrobat war, fuhren wir mit dem Sessellift zur Alp Languard. Er hatte vor, meine tollkühnen Sprünge über die Naturschanze unterhalb der Bergstation zu filmen. Diesmal ging es nicht um die Weite des Sprungs, sondern um die Höhe. So fuhr er schon ein Stückchen runter und wartete darauf, meinen etwa 7 m hohen Sprung mit der Kamera festzuhalten. Voller Vorfreude startete ich, konzentrierte mich auf den Absprung, traf die Kante haargenau und schraubte mich wie ein Adler durch die Lüfte. Die Kamera surrte und folgte meinem Flug. Dann die Landung! Beide Sicherheitsbindungen öffneten sich aus unerklärlichen Gründen. Meine Skis brachte ich nicht mehr unter Kontrolle, raste stehend ungebremst über den Hang, dann über einen Felsen und kam irgendwo zum Stillstand. Aufstehen konnte ich nicht mehr! Mein Vater musste das alles mit ansehen, alarmierte unter Schock die Rettungsmannschaft. Ich war bei Bewusstsein, wusste aber instinktiv, dass es etwas Schlimmeres sein musste. Mit dem Rettungsschlitten wurde ich zur Talstation gebracht und mit dem Sanitätswagen ins Spital Samedan. Bestürzung und Verzweiflung erfassten die Familie, als im Spital die Diagnose Querschnittlähmung festgestellt wurde. Die

Eltern erkundigten sich sogleich bei Spezialkliniken über die beste Behandlungsweise. *«Auf gar keinen Fall eingipsen!»*, lautete die Fachauskunft. Aber ich war im Spital schon eingegipst worden! Auch wollten sie mir kaum etwas zu trinken geben, obwohl ich darum flehte. Die Verständnislosigkeit und Verzweiflung der Eltern war unendlich gross. Auf Druck meines Vaters wurde ich schliesslich per Flugzeug von Samedan nach Zürich geflogen und per Sanitätswagen ins Waidspital transportiert, wo es eine Abteilung für Paraplegiker gab.

Mein Jahr im Waidspital Zürich

Eigenartig war, wie ich dieses einschneidende Erlebnis verarbeitete. Ich dachte schon kurz darüber nach, was diese Situation mit einer Querschnittlähmung in meinem Leben alles verändern könnte. Es machte mich aber keineswegs traurig, es war einfach so. *«Ca y est!»* Und gleichzeitig spürte ich, dass Gott mit im Spiel war. Meine *Grand-parents* waren für mich wunderbare Menschen! Nicht nur, dass ich ihre Geschenke liebte, ich spürte ihre Liebe und Herzenswärme! Sie waren tiefgläubige Menschen, die von Herzen an Gott und Jesus Christus glaubten. Wenn ich auf meine Kindheit und mein ganzes Leben zurückschaue, bin ich sicher, dass es ihre Gebete und die meiner Mutter waren, die mich vor (noch) Schlimmerem bewahrten. Durch ihren Einfluss hatte ich mit 14 Jahren im kindlichen Gebet mein Leben Gott und dem Herrn Jesus Christus anvertraut. Aber leider nur halbherzig, wie mein weiterer Lebensstil aufzeigt. Unmittelbar nach dem Unfall wurde mir klar, dass Gott mir eine Chance für eine Kurskorrektur in meinem Leben geben möchte. Ich wusste und fühlte das, war aber noch nicht bereit dazu. Ich verspürte einen enormen Drang, Verbotenes zu tun. In meinen Gedanken, versuchte ich mich damit zu beruhigen: «*Ich bin noch so jung, Gott weiss das und er verzeiht mir. Er ist ja barmherzig und gütig und drückt sicher nochmals ein Auge zu.*» (Die Theologie beschreibt das heute als «Billige Gnade».) So blieb ich auch danach und vor allem während meines Aufenthaltes im Waidspital ein «Enfant terrible». Ich nutzte jede Gelegenheit für Streiche und begann während der vielen Stunden des Liegens, mit dem anderen Geschlecht zu flirten. Gelegenheiten gab es im Spital genügend: Schwestern, Hilfsschwestern, Therapeutinnen und Mitpatientinnen. Irgendwie musste man die Zeit der Ungewissheit und Untätigkeit vertreiben.

In den ersten drei Monaten war es noch nicht ganz einfach, mit meinen Wünschen ans Ziel zu kommen. Denn ich war in dieser Zeit in einem Sandwichbett «gefangen», wo ich alle paar Stunden vom Rücken auf den Bauch gedreht wurde. Schon bald nutzte ich die Bauchlage, um einen Verstärker zu bauen. Fernseher gab es damals noch keine in den Zimmern. Mithilfe der Cousins von Lausanne wurde auf dem Spitaldach eine Antenne montiert und von dort ein Kabel in mein Zimmer gezogen. Jetzt konnte ich Fernsehen. Als ich dann vom Sandwichbett befreit wurde, begann ich, meinen Mitpatienten Streiche zu spielen. Mein Bettnachbar Peter, der vollständig ans Bett gefesselt war, hatte mich geärgert. Da nahm ich auf meinem Tonbandgerät, das nie fehlen durfte, den Satz auf: «*De Peter isch en liebe!*» Ich entfernte seine Alarmglocke, liess das Tonband in einer Endlosschlaufe laufen und entfernte mich. Der Arme musste diesen Satz solange anhören, bis irgendwann zufällig eine Schwester vorbeischaute.

Zunehmend hatte ich Freude, wenn die jungen Schwestern oder Therapeutinnen sich mit mir beschäftigten. Ich weiss noch, dass ich irgendwann damit angefangen hatte, sie zu fragen, ob sie mir das Blümchen ihres BHs, die damals Mode waren, schenken würden. So legte ich eine kleine Sammlung dieser Trophäen an. An die falsche Adresse kam ich damit bei der Oberschwester Rösli. Ich drückte die Glocke, verlangte nach ihr und erbat mir einen Gutnachtkuss. Sie schimpfte mich "*Säubueb!*", verliess höchst verärgert das Zimmer und sperrte zur Strafe am nächsten Tag meinen Rollstuhl weg. Da der Pfleger Bucher meine Streiche meist unterstützte, half er mir oft aus der Patsche.

Autofahrstunden in Zürich

Noch unordentlicher wurde mein Lebenswandel, als ich dank einer Sonderbewilligung mit einem speziell für Paraplegiker eingerichteten Auto Fahrstunden nehmen durfte. Meine Eltern scheuten keine Mühe und Kosten, um mir dies zu ermöglichen. Sie hatten ja grosses Erbarmen mit ihrem armen «Bubu». Nachdem ich die Prüfung bestanden hatte, schenkten mir die Eltern einen rassigen Opel Commodore V6, ein Typ, der in der oberen Mittelklasse angesiedelt ist. Mit dieser smarten, schnellen und auffälligen Karosse ging ich nun fast jeden Abend mit den Therapeutinnen oder anderen weiblichen Wesen in den Ausgang in der Stadt Zürich. Das imponierte ihnen, mir natürlich auch. Obwohl nur 17 Jahre jung. Kein Wunder, dass ich mein Spitalzimmer schon bald mit Postkarten und Briefen von ehemaligen oder auch noch aktiven Therapeutinnen und Schwestern schmücken konnte. Darunter viele mit Worten in der Art: «*Hast du meinen Brief bekommen? Warte nicht zu lange mit Schreiben, ich warte sehnlichst auf deine Briefe! Es grüsst und küsst dich, deine Elisabeth*» (oder viele ähnliche Inhalte und Namen).

Auch von meiner Familie erhielt ich viele Karten und Briefe. So schrieben meine Geschwister Nadine und Philippe: «*Cher Georges, ne fâche pas trop les sœurs et sois gentil!*» (Lieber Georges, ärgere die Schwestern nicht zu sehr und sei brav!) Eine anonyme Karte erreichte mich, obwohl auf der Adresse nur stand: «*An den frechsten Patienten von E2, Stadtspital Waid, Zürich*». So berüchtigt war ich. Das Fass zum Überlaufen brachte die Situation, als mich Oberschwester Rösli zusammen mit einer Therapeutin in flagranti im Bett erwischte. Das war des Guten zu viel! Sie nannte mich einen «dirty Boy», womit sie wohl recht hatte. Jedenfalls warf man mich nach diesem Vorfall aus dem Spital, in dem ich ein wildes (heute würde ich sagen sündhaftes) Jahr meines Lebens verbringen durfte.

Zurück im Engadin

In der Zwischenzeit liessen meine Eltern unser Haus «La Muntanella» in Pontresina rollstuhlgerecht umbauen. Der Zugang zum Kinderzimmer wurde mit einem einfachen Industriekettenaufzug überwunden. Wenn ich auch die vielen Kontakte zu Zürich vermisste, ergab ich mich meinem Schicksal, das ich eigentlich nie als schwierig empfunden hatte. Ich konnte gut damit umgehen und blickte positiv in die Zukunft. Ich hatte mich entschieden, die Matura zu machen und danach ein Studium anzufangen. Mit meinem Commodore war ich jeweils schnell im Alpinen Lyceum in Zuoz. Die meist schnurgerade Strecke legte ich oft mit 180 km/h zurück, war ja damals erlaubt. Ob es auch vernünftig war? Mein Jugendfreund *Sandro*, der bis heute mein bester Freund geblieben ist, hat diese Zeit wie folgt beschrieben:

«Ein Jahr nach dem Unfall war Georges wieder am Lyceum. Er hatte noch vor Vollendung des 18. Lebensjahres mit einem umgebauten Opel Commodore die Fahrprüfung abgelegt, und ich durfte in seinem Auto die Strecke zur Schule von Pontresina nach Zuoz mitfahren. Schliesslich musste ihn ja jemand begleiten. Diese rasanten Fahrten werde ich mein Leben lang nicht vergessen. Am Morgen kaum Verkehr, damals keine Geschwindigkeitsbegrenzungen, unter der Haube nicht zu unterschätzende Pferdestärken, laute Musik. So verkürzte sich die Fahrzeit – im Vergleich zur langsamen Rhätischen Bahn – etwa um die Hälfte, was für ein Privileg! Mit dem Commodore fuhr Georges «was das Zeug hält» und alle, die ihm in den Weg kamen – oft auch Lehrer vom Lyceum – mussten weichen.

Damit die Fahrkünste von Georges noch besser wurden, fuhren wir nachts im Winter heimlich auf den Parkplatz der Bergbahn Diavolezza, er mit dem Commodore, ich ohne das Wissen meiner Eltern mit dem schönen roten Volvo 123 GT. Wie Profis steckten wir einen Parcours aus und fuhren stundenlang unsere Runden, als Fahrtraining auf Schnee, versteht sich. Dummerweise tauchte eines Nachts aus dem Nichts der Direktor der Bahn auf und beschimpfte mich aufs Übelste. Alle Beteuerungen, es gehe nur darum, dass mein Freund im Rollstuhl sein Fahrkönnen verbessern könne, nützten nichts. Der Dumme war ich, was unserer Beziehung aber keinen Abbruch tat.»

Soweit Sandro. Mir machte es auf alle Fälle Spass, und viele meiner Mitschüler bewunderten mich deshalb. In der Schule angekommen, trugen mich meine Schulkameraden die steile Treppe zum Schulgebäude hoch. Weniger steil waren meine Leistungen in der Schule. Die meisten Lehrer mochten mich zwar, kritzelten aber süffisant ihre Bemerkungen in meine Hefte. So meinte der Mathematiklehrer Anderegg zum Beispiel: *«Nachdem Sie es unter Ihrer Würde finden, ein Linienblatt herzustellen, übernehme ich diese Aufgabe für Sie!»* Ein anderes Mal vermerkte er: *«Zeichnung eines Maturanden unwürdig!»* Und später kam ein Schuss vor den Bug: *«Georges, es sieht infolge Ihrer lässigen Einstellung ganz böse aus!»*

Kurz nach der unrühmlichen Entlassung aus dem Waidspital musste ich auf ärztliches Anraten eine Physiotherapie aufsuchen. Ich war knapp 19 Jahre alt, als ich in der Physiotherapie in St. Moritz am Eingang klingelte. Wow! Eine junge, hübsche und aufgestellte Therapeutin mit sympathischem Basler Dialekt öffnete die Tür und bat mich freundlich herein. Welches Abenteuer und welche Versuchung würden mich erwarten?

Kapitel 3
Schmetterlinge im Bauch!

Offenbar freuten wir uns beide auf die Therapiesitzungen. Georges gestand mir später, dass er jeweils Valium schlucken musste, um die nötige Ruhe mitzubringen. Und auch meine Gefühle waren völlig durcheinander. Ich konnte es nicht fassen, dass da ein aufgeweckter, strahlender, fröhlicher und zufriedener Junge war, obwohl er allen Grund zum Hadern mit dem Schicksal gehabt hätte. Und auch bei den weiteren Besuchen bei seiner Familie hörte man kein Klagen. Ich war fasziniert und hingerissen von dieser Atmosphäre.

Das musste ich natürlich meinem Verlobten, dem Guido, berichten. Ich tat dies ausführlich und mit Begeisterung. Vermutlich war ich wieder einmal etwas gar naiv. Denn seine Begeisterung über meine Erzählungen aus dem Bündner Land hielt sich in Grenzen. Er kam zwar noch mal zum Skifahren nach St. Moritz, aber sein Verhältnis zu mir hatte sich merklich abgekühlt. Er war eifersüchtig! Ich wollte ihm nicht weh tun, nur von meiner Entdeckung einer wunderbaren neuen Welt erzählen! Das Ende kam schnell. In einem Brief löste er die Verlobung auf und schickte mir gleichzeitig in einem Paket alle Geschenke, die ich eigens für ihn gemacht hatte. Das war's! Die Liebe hatte ein Ende gefunden, nichts mit "Ewigi Liebi!" Und eigenartig, ich war nicht mal besonders traurig, da ich mich vermutlich, ohne es zuzugeben, inzwischen hoffnungslos in diesen jungen Georges verliebt hatte.

Im wunderschönen Engadin machte sich langsam der Frühling bemerkbar. Der tiefblaue Segantini-Himmel verschönerte meine Gefühlswelt noch mehr. Nur die Tatsache, dass meine Wintersaison in St. Moritz dem Ende entgegenging, trübte die herrliche Stimmung etwas. Ich hatte ja bereits eine Stelle im Paraplegikerzentrum in Basel in der Tasche. Und Georges hatte vor, einen Sprachkurs in England zu besuchen. Zusammen mit seiner Maman fuhren sie im blauen Commodore dorthin. Sie wollten gemeinsam erkunden, ob sie eine "Landlady" in der Nähe der Schule finden würden, deren Haus rollstuhlgängig wäre und die auch noch den Vorstellungen von Georges entspräche.

Ich hatte keine Ahnung, wo sie genau hingingen. Seine Mutter würde mir dann nach ihrer Rückkehr sicher seine Adresse geben. 1970 gab es noch keine PCs, und die Wörter Internet und Handy waren noch nicht mal geboren.

Als Georges weg war und ich nach Basel sollte, spürte ich plötzlich eine innere Leere. Meine Gedanken kreisten oft darum, dass ich einen jungen Mann, eher Jüngling, kennengelernt hatte, der sein Leben im Rollstuhl verbringen wird. Und dass ich mich offensichtlich in diesen verknallt hatte. Was hatte das zu bedeuten und wie könnte es weitergehen? Einerseits stärkte es mein Selbstbewusstsein, dass ich es gewagt hatte, dieses Experiment und diese Beziehung einzugehen. Ich war hin- und hergerissen, und doch plötzlich fest entschlossen: Ich wollte «meinen» Georges auf der Insel aufsuchen. Aber wie?

In einer Frauenzeitschrift entdeckte ich eine Annonce für einen Sprachunterricht in einer Schule in Bournemouth. Ich meldete mich an, organisierte kurzerhand einen Flug – ich hatte ein bisschen was verdient in St. Moritz – und reiste von London aus per Eisenbahn nach Bournemouth. Mit Spannung ging ich zum ersten Schultag, wo die Einstufungen stattfinden sollten und die neuen Schüler begrüsst wurden. Ich hatte keine Ahnung, ob ich meinen Georges dort zufällig treffen würde oder ob er ganz anderswo zur Schule ging. Nach der Einteilung war ich sehr enttäuscht, nirgendwo war mein Georges zu sehen! War er vielleicht in London oder in Southampton oder anderswo? Etwas traurig verliess ich das Schulgebäude. Und, ich meinte zu träumen, was stand da vor dem Schulhaus, ein blauer Opel Commodore mit einem Bündner Nummernschild! So Crazy! Innerlich jauchzte ich, ich fühlte mich im siebten Himmel! Heute weiss ich, dass es Gottes Führung war, damals kannte ich diesen gütigen und gnädigen Gott noch nicht.

Nun begannen sechs wunderbare Wochen in Bournemouth. Am Morgen waren wir in der Schule, und nachmittags genossen wir gemeinsam die Freizeit und Freiheit! Ich fand Unterschlupf bei einer "Landlady", ganz in der Nähe von Georges. Und für eine Engländerin kochte sie auch noch ganz gut. Georges und ich unternahmen mit seinem Auto viele Ausflüge, auch nach Cornwall. Anfangs war ich etwas verunsichert, neben einem Rollstuhlfahrer durch die Stadt zu bummeln.

Viele Augen waren auf uns gerichtet, als kämen wir vom Mars. Nach kurzer Zeit hatte ich mich daran gewöhnt, und ich habe dieses Szenario für mein ganzes Leben überwunden. Es war nie mehr ein Problem für mich. Oft picknickten wir am Meer oder im Grünen, einfach herrlich! Wir waren fröhlich und viel lachend unterwegs, wir waren einfach verliebt!

Nur eine winzige Kleinigkeit störte mich. Im Ferienhaus in Weggis hatten mich meine drei Schulkameradinnen besucht. In einem Café zündeten die drei stolz und mit adretten Gesten ihre Zigaretten an. Ebi hielt mir die Zigarettenschachtel unter die Nase und knipste eine raus. Eigentlich hielt ich Rauchen für unnötig und ungesund, beugte mich aber dem Gruppenzwang und rauchte meine erste, leider nicht meine letzte Zigarette. Wobei, husten statt rauchen würde es besser treffen. Das war jetzt schon vier Jahre her, und ich paffte immer noch meine Zigis. Georges nahm's zur Kenntnis, und mein «Schnüger», einer der vielen Kosenamen, hatte mir aus dem Souvenirladen seines Vaters ein vergoldetes Feuerzeug geschenkt. Dies, obwohl in seiner Familie niemand rauchte. Fand ich grosszügig von ihm. In Bournemouth verlor ich dieses goldene Geschenk, da kam ich spontan auf die Idee, mit dem Rauchen aufzuhören. Und bis heute hat es, Gott sei Dank, geklappt.

Es war an Ostern, als eine Gruppe junger Schüler und Schülerinnen einen Ausflug nach London plante. Mich hätte es fasziniert mitzufahren, die Hauptstadt bot so viele Attraktionen. Da stellte mir Georges ein sanftes, aber nicht zu überhörendes Ultimatum: *«Wenn du weiter mit mir zusammensein willst, dann verzichtest du auf London*

und bleibst bei mir.» Mir wurde bewusst, dass ich nicht den
"Fünfer und das Weggli" haben kann und blieb. Gott sei
Dank! Ich habe es bis heute nie bereut. Kurz darauf
fragte mich Georges in seiner bekannt trockenen Art:
«Willst du mich heiraten?» Es war kein romantischer Antrag im Stil der Sendung «Traumhochzeit». Aber für
mich gab es überhaupt keine Zweifel. Deshalb meine
spontane und freudige Antwort: *«Ja, Chéri!»*

Die heimliche Verlobung

Nach 6 Wochen Bournemouth sollte es wieder heim-
wärts gehen. Englisch hatten wir – oder mindestens ich –
nicht viel gelernt. Dafür hatten wir uns ein Versprechen
für ein gemeinsames Leben gegeben. Mit dieser Über-
zeugung traten wir auch den Rückweg an, mit Georges'
schicker Karosse. Ich kam mir vor wie in einer Hoch-
zeitskutsche. Mit der Fähre ging es über den Ärmel-
kanal, dann in rassiger Fahrt – Georges war kein Freund
von Schneckenfahrten – bis nach Reims. In einem Hotel
bestellte mein «Bubu» ein Châteaubriand aufs Zimmer,
und in diesem würdigen Rahmen feierten wir unsere
Verlobung! Unsere Familien würden es noch früh genug
erfahren. Wir wissen nicht mehr, ob Georges seine
Eltern per Telefon informiert hatte. Meine Eltern erfuhren es, als wir in Basel bei ihnen einen Zwischen-
stopp einlegten. Meine Mami schloss Georges, der bei
ihr seinen ganzen Charme spielen liess und französisch
mit ihr sprach, sogleich ins Herz. Mein Vater nahm die
Nachricht mit versteinerter Miene entgegen und war

total eingeschnappt. Ein Schwiegersohn, der noch nicht mal seine Schule und die Matura beendet hatte, ohne jegliches Einkommen und dazu noch im Rollstuhl! Das überstieg sein Vorstellungsvermögen und seine Denkart. Er hätte sich bestimmt gerne einen aus dem "Basler Daig" gewünscht, einen Sarasin oder so. Nach diesem Überrumpelungsmanöver – war ja schon nicht ganz sittengemäss – sprach er ein halbes Jahr kein Wort mehr mit uns.

Auf Nest- und Arbeitssuche

Während Georges nach Pontresina zurückkehrte, um seine Matura im Lyceum abzuschliessen, arbeitete ich während eines halben Jahres im Kantonsspital Lausanne als Physiotherapeutin. Dort konnte ich meine Französischkenntnisse vertiefen und neue Praxiserfahrungen sammeln. Zusammen mit Anneliese, wir hatten gemeinsam die Lehre absolviert, logierte ich in einer kleinen Wohnung mitten in Lausanne. Georges und ich trafen uns fast jedes Wochenende in Zürich bei Freunden. Zu diesem Zweck hatte er mir von meinem Sparbuch (ich lebte sehr sparsam) einen kleinen MINI Cooper gekauft. Leider habe ich den später in Lausanne einmal noch etwas kleiner gemacht. An einer steilen Strassenkreuzung dachte ich, dass es an der Ampel bei Orange noch reicht. Oh Schreck, die zwei Autos vor mir bremsten ab und ich küsste den hinteren Wagen. Zum Glück organisierte mein Chéri alles und wir verkauften den Mini wieder. Georges kannte nie Probleme, nur Lösungen!

In den Sommerferien kam Georges nach Lausanne, und obwohl ich arbeiten musste, fanden wir viel Zeit füreinander. Während meiner Arbeit ging er mit dem Boot seines Cousins auf den Genfersee und absolvierte so nebenbei noch die Bootsprüfung. Der Rollstuhl war für ihn kein Hindernis.

Das Winterhalbjahr 1971/72 verbrachte ich als Hilfsskilehrerin in Pontresina. Ich hatte dort eine kleine Wohnung gemietet, die ich aber nie brauchte, weil ich immer bei meinem Schnüger ass und schlief. Die arme Maman von Georges erduldete das alles ohne Klage, erstaunlich. Für uns ergab sich so die Gelegenheit, gemeinsam unsere Hochzeit vorzubereiten und Einladungskarten mit Schmetterlingen zu basteln (die hatten wir ja auch im Bauch!). Da ich wusste, dass Georges ein Studium in Zürich beginnen wollte, hielt ich Ausschau nach einer Arbeitsstelle. Ich fand eine passende im See-Spital Horgen am Zürichsee, und so suchten wir dort nach einer Wohnung. Dies ausgerechnet in einer Zeit, in der die Wohnungsnot äusserst prekär war. Georges war auf eine rollstuhlgerechte Wohnung angewiesen. Nur rund jede zweihundertste Wohnung erfüllte diese Kriterien. Nach menschlichem Ermessen war es unmöglich, eine solche zu finden. Aber Georges, der ja sein Gottvertrauen nie aufgegeben hatte, bat im Gebet um Hilfe. Und das Wunder geschah: Die erste Anfrage bei einer Immobilienfirma brachte schon die Lösung. In einer neu erstellten Siedlung an der Bachtelstrasse in Horgen war aus unerklärlichen Gründen noch eine Parterrewohnung freigeblieben! Wahrscheinlich hatten alle Angst vor Einbrechern. Nun musste mein Chéri nur noch die C-Matura im Alpinen Lyceum in Zuoz bestehen, dann könnten wir getrost unserer Hochzeit entgegenschauen.

Die Hochzeit

Nach einem halben Jahr des Stillschweigens sah mein Vater ein, dass es in Bezug auf meine Liebe zu Georges nichts zu rütteln galt. Er begann wieder mit uns zu reden und kam sogar nach Pontresina zu Besuch. Vermutlich hatte ihm das grosse Haus der Kohlers imponiert, und der Eindruck über meine künftigen Schwiegereltern war positiv. So war er bereit, die Hochzeit zu organisieren und für die Kosten aufzukommen. Bedingung war, dass das Hochzeitsfest in Basel stattfinden musste. Damit konnten wir leben. Am *Freitag, 14. April 1972*, drei Wochen nach der Matura, fand die Zivilhochzeit zusammen mit unsern Eltern sowie den Trauzeugen Sandro, bester Freund von Georges, und Anneliese statt.

Für mich bedeuteten die Tage rund um die Hochzeit Stress. In St. Moritz hatte mir mein Chéri für 40 Franken einen schönen Silberring mit einem Bergkristall gekauft, der noch graviert werden musste. Als wir den Ring abholen wollten, hiess es, das Geschäft hätte inzwischen Konkurs angemeldet. Fazit: Wir konnten den Ring nicht entgegennehmen. Das fing ja gut an! So wollte ich unbedingt am Samstagmorgen mit Georges noch nach Basel fahren, um einen Ersatzring zu kaufen. Wie konnte ich nur so blöd sein! Das erzeugte nur noch mehr Stress. Am Samstagnachmittag fuhren wir dann in einer

Kutsche bei garstigem Wetter mit Wind, Regen, eher Schnee, zur St. Margaretenkirche in Binningen. Ich hatte nur ein sehr einfaches, aber "schatziges" Brautkleid, die Frisur hatte ich mir selber gemacht. Zum Glück hatte mir mein Vater in weiser Voraussicht noch ein Pelzjäckchen aus Kaninchenfell gekauft. Trotzdem schlotterte ich, und vor allem tat mir mein armer Georges leid, der in seinem Anzug ohne Mantel ordentlich fror. Da hatten die übrigen Hochzeitsgäste, die mit Taxis unterwegs waren, mehr Glück. Trotzdem strahlten wir beide. Wir waren am Ziel unserer Wünsche angelangt. Die Trauzeremonie selber war eine gewöhnliche, wie sie in reformierten Kirchen eben üblich ist. Von der Predigt ist mir gar rein nichts in Erinnerung geblieben.

Nach der Kirche fuhr uns die Kutsche zu einer Schiffsanlegestelle an den Rhein. Auf der "MS Lällekönig", einem noblen Schiff, wurde ein Apéro serviert, umrahmt mit Musik einer originellen Fasnachtsclique. Die Idee stammte von Papas Freundin, die auf dem Schiff auch anwesend war. Das trübte meine Freude schon etwas, weil ich in diesem Moment an Mama dachte. Nach der Schifffahrt ging's in ein kleines feines Restaurant direkt am Rhein gelegen, das der Vater nur für uns, insgesamt etwa 30 Personen, reserviert hatte. Das Essen war sehr gut, Lachssteak, Kalbsrücken und was so dazugehört. Es war eine fröhliche Runde mit Familie und Freunden. Der Vater von Georges unterhielt die Gesellschaft mit Handharmonika und "Schnurregigeli" (Mundharmonika), begleitet von Sandro an der Gitarre. Nicht allzu spät gingen wir ins Hotel, welches mein Papi organisiert hatte. Also, das muss ich ihm lassen, für unseren Anlass hat er keine Kosten und Mühen gescheut. Danke Papi!

Am nächsten Tag fuhren wir noch so gerne zurück in unser neues Heim in Horgen und waren überglücklich, vor allem, dass alles gut abgelaufen war. Die Hochzeit war zwar verregnet und vom Winde verweht, und Stress war auch dabei. Aber jetzt fing unser glückliches Leben offiziell zu zweit an. Ein schönes Gefühl! Die Eltern von Georges kamen am Sonntag auf dem Rückweg nach Pontresina noch bei uns vorbei. Und auch meine Eltern wollten wissen wo und wie wir hausten. So offerierten wir ihnen allen Bratwurst und Brot. Viel gab es noch nicht zu sehen in unserem neuen Heim. Im Wohnzimmer standen ein Tisch und ein Stuhl sowie eine Couch, die wir von Pontresina mitnehmen durften. Dazu ein Gartenliegestuhl, den wir als Hochzeitsgeschenk erhalten hatten. Immerhin, im Schlafzimmer stand ein gutes Doppelbett, das mein Vater uns gekauft hatte. Und im «Schraubenzimmer», das nannten wir so, weil es darin nur so von Werkzeugen und Elektronik wimmelte, war noch ein altes Bett von mir.

Es war so schön, mit fast nichts anzufangen, und wenn wieder etwas Geld vorhanden war, etwas dazu zu kaufen. Und gewisse Möbel bastelten wir selber. Nur an elektronischen Geräten hat es nicht gefehlt. Georges hatte da etliches, vor allem das teure Revox-Gerät, das ihm seine Eltern geschenkt hatten. Dazu selbst gebastelte Verstärker und vieles andere mehr. Etwas vom Ersten, was mein elektronikversessener Bubu einbaute, war eine Einrichtung, in der man mit Händeklatschen das Licht im Schlafzimmer einschalten konnte. Und unsere Besucher staunten über meinen cleveren Chéri. Ich gönnte ihm diesen Applaus von Herzen!

Aufgabenteilung Studium und Haushaltseinkommen

Glücklich und über beide Ohren verliebt, machten wir uns an die Arbeit. Irgendwie mussten wir den Mietzins aufbringen und uns um den Lebensunterhalt kümmern. Zur Einsparung wurde der Opel Commodore durch einen Opel Kadett ersetzt. Um die Haushaltskasse zu entlasten, wurde auch der Menüplan angepasst. Und meiner Mami verdankte ich zweimal pro Jahr eine Kleidereinkaufstour in Zürich. Unseren Bubu vergassen wir dabei nicht und brachten ihm schöne Kaschmir-pullover.

Meine Arbeit im Spital Horgen bereitete mir viel Freude. Vom Spital aus erhielt ich zudem den Auftrag, zwei Patienten zu Hause zu behandeln. Freudig fuhr ich mit meinem Velo-Solex zu ihnen; bei der Fahrt fühlte ich mich wie in den Ferien. Jeden Montagnachmittag behandelte ich eine Gruppe von Patienten im Gehbad im Widmerheim. Zusammen hatten wir viel Spass und genossen anschliessend den "Zvieri" in der Cafeteria. So lernte ich nach und nach Leute kennen in Horgen.

Mein «Hase» hatte vor – spontan erfand ich einen neuen Übernamen für meinen «Schnüger», «Chéri» und «Bubu» –, im Herbst an der Uni Zürich sein Studium zu beginnen. Ursprünglich war der Gedanke an ein Arztstudium im Hinterkopf. Aber rational und cool wie er tickt, überlegte er, dass in unserer Situation das National-

ökonomiestudium das am schnellsten Realisierbare
wäre. Vor dem Studienbeginn im Herbst half er ein
halbes Jahr lang mit, die geplante Hochzeitsreise zu
finanzieren. Er hatte einen Temporärjob in der Standard
Telephon & Radio AG in der Roten Fabrik in Zürich-
Wollishofen als Elektroniker gefunden. Eigentlich das
Richtige für meinen «Hasen». Damit konnten wir uns die
Hochzeitsferien in Kenia leisten.

Nachgeholte Hochzeitsreise

Vor dem Studienbeginn von Georges im Herbst wollten
wir noch unsere Hochzeitsreise nachholen. Beim Reisebüro Afrika-Safari buchten wir eine sehr günstige Flug-
reise nach Malindi in Kenia. Die alte Maschine wirkte
nicht besonders vertrauenserweckend, aber sie brachte
uns ans Ziel. Die Hotelanlage am Meer mit vielen
kleinen Bungalows war wunderschön. Mutig meldeten
wir uns gemeinsam zu einem Tauchkurs an. Nach einer
stündigen Ausbildung im Swimmingpool ging es am
nächsten Tag mit dem Schiff aufs Meer. Während ich im
Bikini und Flossen tauchte, mussten wir Georges in
einen Neoprenanzug reinzwängen. Da mein Hase nur
die Arme hatte, um sich fortzubewegen, nahm ihn der
Tauchlehrer an die Hand und führte ihn bis auf den
Grund. In etwa 22 m Tiefe erlebten wir gemeinsam eine
wundersame neue Welt mit Fischen und Meerespflanzen
aller Art. Herrlich! Da ich offensichtlich zu heftig atmete, leerten sich meine Sauerstoffflaschen relativ
schnell und ich musste wieder an die Oberfläche. Als der

Tauchlehrer mit Georges wieder auftauchte und ihm das Mundstück herausnahm, musste er heftig erbrechen. Am nächsten Tag hörten wir, dass vor ein paar Tagen ein Feriengast beim Tauchen verstorben war. Wir waren eben noch jung und vielleicht etwas sorglos. Aber auch dieses Erlebnis hatten wir unbekümmert genossen.

Kapitel 4
Die entscheidende Wendung in unserem Leben

Im Herbst 1972 begann Georges an der Universität Zürich – diese war soeben rollstuhlgerecht umgebaut worden – sein Studium als Nationalökonom. Das hiess für mich, etwa 5 Jahre lang allein für das Haushaltseinkommen verantwortlich zu sein, was ich aber sehr gerne und mit grosser Freude machte. Ich empfand meine Arbeit mit Patientinnen und Patienten nie als eine Last, sondern als Bereicherung! Und mein Hase und ich hatten es wirklich gut und lustig zusammen!

In unserem Wohnhaus in Horgen lernten wir unsere Nachbarn schnell kennen. Wir besassen einen kleinen Garten, umgeben von einer grosse Wiese für alle. Bei schönem Wetter grillierten wir zusammen, und es ging immer lustig zu und her. Insgesamt waren wir vier Partien. Zu diesen gehörten auch Janette und Robert Schindler, der später als Architekt unser Haus baute. Bald begann mein Georges sich Streiche auszudenken für unsere Nachbarn. Drei Ehepaare taten sich jeweils zusammen, um dem vierten einen Streich zu spielen. Zu Janettes Geburtstag hatte ich einen Kuchen gebacken. Von unten her hatten wir den Kuchen ausgehöhlt und einen Transistor eingebaut. Diesen Kuchen brachte ich dem Geburtstagskind, und Janette war sehr gerührt. Ich verabschiedete mich so schnell wie möglich. Dann sendete mein Chéri «*Happy Birthday liebe Janette*» über Funk in den Transistor im Kuchen. Darauf folgten noch viele Streiche. Georges und ich hörten immer gerne unsere Oldies ab Tonband. Damit unsere Nachbarn auch etwas davon hatten, verkabelten wir die vier Wohnungen und versorgten sie mit Musik.

Georges, der von seiner Mutter her viel vom Glauben an Gott und Jesus Christus mitbekommen hatte und für den seine Grand-parents in Lausanne täglich gebetet hatten, spürte, dass ihm noch etwas fehlte, um vollkommen glücklich zu sein. Im Alter von 14 Jahren hatte Georges in einem schlichten Gebet Gott schon einmal versprochen, dass er sein Leben künftig unter SEINE Führung stellen werde. Versprochen ja, aber nur halbherzig umgesetzt. So schilderte dies Georges später in einem Lebensbericht in der IVCG (Internationalen Vereinigung christlicher Geschäftsleute) so:

«Immer wieder gab es da Sachen in meinem Leben, von denen ich wusste, dass sie nicht dem Willen Gottes entsprechen, die ich aber trotzdem, wenn auch mit schlechtem Gewissen, tat. Dieses zweigeteilte Leben machte mich sehr unruhig, und vor allem verspürte ich in den Bereichen meines Lebens, die ich Gott vorenthielt, einen enormen Zwang zum Sündigen. Als meine bewussten Verfehlungen immer grösser wurden und ernstlich anfingen, meine Existenz zu bedrohen, war der Zeitpunkt für Gott gekommen, entscheidend in mein Leben einzugreifen. Er liess es zu, dass ich mir beim Skispringen den Rücken brach. Erst nach dem Unfall wurde mir so richtig bewusst, wie treu mich Gott immer wieder führte. So durfte ich sehr bald meine wunderbare Lebensgefährtin Susi kennenlernen, die ich jeden Tag mehr lieben darf. Auch bei der Wahl der Studienrichtung liess ich mich durch Gott beraten.»

Die Entscheidung

Es war dieses zweigeteilte Leben, dass Georges nicht uneingeschränkt glücklich werden liess. Für mich war das vorerst gar nicht so sichtbar und auch kein Thema. Ich war so happy, meinen lieben Hasen, Chéri, Bubu und Schnüger zu haben, ein kleines Genie, das alles konnte und dem alles gelang. Und da war noch seine Familie, die mich so liebevoll und herzlich und ohne Wenn und Aber aufgenommen hatte. Was wollte ich mehr! Aber Gott war im Stillen am Wirken. Schon vor unserer Hochzeit in Pontresina las ich gerne die Kalender mit frommen Sprüchen.

Meine Schwiegermama, *«la Muttre»*, wie wir sie nannten, empfahl uns immer wieder sanft und doch beharrlich, mal einen Gottesdienst von Wim Malgo zu besuchen. Sie hörte über Radio Monte Carlo regelmässig die Predigten des holländischen Evangelisten, der in der Schweiz das Missionswerk «Mitternachtsruf» gegründet hatte. Nach dem Motto «steter Tropfen höhlt den Stein» machten wir uns auf Mamans Drängen hin eines Tages auf, um im Volkshaus in Zürich an einem Gottesdienst von Wim Malgo teilzunehmen. Für mich war das alles äusserst fremd. Die Anwesenden schienen zwar nett und irgendwie anders zu sein, vor allem waren sie mir viel zu ernst. Und die Predigt von diesem temperamentvollen Holländer war zwar packend und spannend, machte mir aber gleichzeitig Angst. Es war alles so Schwarz oder Weiss, keine Grautöne dazwischen. Trotzdem besuchte ich mit Georges einige weitere Gottesdienste, bis uns eines Morgens beide die Botschaft über die Liebe und

Gnade von Christus so ins Herz traf, dass wir beim Bekehrungsaufruf nach vorne gingen und uns entschlossen, von nun an unser Leben von Gott und Jesus Christus bestimmen zu lassen.

Obwohl ich mich in dieser Art von Christengemeinde, die sehr stark auf die Botschaft über die Endzeit fokussiert war, nicht sonderlich wohlfühlte, war etwas in meinem Herzen geschehen. Ich fühlte mich wie neu geboren, und eine starke Liebe durchströmte mein Herz. Ich verstand, dass Jesus Christus am Kreuz für meine Schuld gestorben ist, dass ER es gut mit mir meint und dass ER mich an der Hand nimmt, mich führt und leitet und über den Tod hinaus in die Ewigkeit zum Vater im Himmel führen wird. Dieses Gefühl wurde für mich zur Gewissheit und hat mich seither bis zum heutigen Tag nie mehr verlassen.

Mein Georges hat diesen Schritt in dem bereits erwähnten Lebensbericht vor der IVCG wie folgt beschrieben:

«Dieses Mal habe ich mich entschieden, mein Leben ganz unter die Führung Jesu Christi zu stellen mit allen Lebensbereichen. Dieser Entscheid hat für mich und mein Leben folgende Konsequenzen gehabt: 1. Ich habe seitdem mit meinem Schöpfer einen engen und persönlichen Kontakt und weiss, dass er mir alle meine Sünden vergeben hat. Dieses Wissen befähigt mich, frei, glücklich und zufrieden zu sein. 2. Dieser Entschluss hat auch eine Prioritätsordnung zur Folge. Ich habe unter anderem auch gelernt, mich nicht mehr so wichtig zu nehmen und mein Augenmerk vermehrt auf meine Mitmenschen zu richten. Für mich ist das Wichtigste: Ich weiss mich jederzeit in

Gottes Hand geborgen. Beim Fällen von wichtigen geschäft-
lichen Entscheidungen kann ich Gott um Rat fragen. In allem
darf ich immer wieder erkennen, dass Gott einen wunderbaren
Plan für mein Leben hat.»

Ich selber hatte im ersten Moment bedenken, dass ich
nun als bekennende Christin dies und jenes nicht mehr
tun dürfe, und vor Augen hatte ich eine grosse Ver-
botsliste. Diese ging über die Haartracht, den Schmuck
bis zur erlaubten Rocklänge. Aber schon bald nach unserer Entscheidung lernten wir in Horgen und Umgebung
und auch in der IVCG viele freudige, fröhliche und völlig
normale Christen kennen. Und mir wurde klar, dass der
Weg mit Jesus Christus ein fröhlicher und freudiger Weg
ist. ER befreit von Zwängen und Ängsten, und all unsere
Sorgen dürfen wir IHM vertrauensvoll im Gebet hin-
legen. Dank IHM und in IHM sind wir wirklich frei.

Mit Christus unterwegs

Seit diesem Wendepunkt sind Georges und ich mit
Christus und Gott, unserem Vater, unterwegs, und wir
sammelten Erfahrungen im Sinne von Psalm 32,10/11:

«Wer nicht nach Gott fragt, schafft sich viel Kummer; aber wer
dem Herrn vertraut, wird seine Güte erfahren. Freut euch und
jubelt über den Herrn, ihr, die ihr ihm treu seid! Alle, die
redlich und rechtschaffen sind, sollen vor Freude singen!»

Wir machten zwar weiterhin Fehler in unserem Leben,
aber immer durften wir dafür um Vergebung bitten, wie

wir es im «Vaterunser» beten: *«Vergib uns unsere Schulden, wie auch wir vergeben unseren Schuldigern.»* Und Gott war wirklich treu und segnete unsere Ehe, unsere beruflichen Tätigkeiten, aber auch die Beziehungen zu anderen Menschen. So lernten wir in Horgen liebe junge Leute kennen, die sich zusammen mit uns im Jugendkeller «Gospelboat» engagierten, um jungen, teils drogensüchtigen Menschen zu helfen. Wir lernten auch viele liebe Leute aus verschiedenen Kirchen und Freikirchen kennen und verbrachten viel Zeit zusammen.

Auch beruflich und studienmässig ging es mit uns beiden gut und erfolgreich weiter. Im Jahr 1973 erhielten wir von der Krankenkasse eine völlig unerwartete Rückzahlung in der Höhe von Fr. 36'000. Die Invalidenversicherung hatte eine Rente abgelehnt, da Georges zur Zeit des Unfalls noch Schüler war. Diesen nicht budgetierten Zustupf nahmen wir sehr gerne entgegen. Im Jahr 1977 schloss er sein Studium mit einem Master der Wirtschaftswissenschaft mit «Magna cum laude» ab und bekam eine Stelle als Revisionsassistent bei der Treuhandgesellschaft Fides. Bereits ein Jahr später wechselte er innerhalb der Firma in die Position als Analytiker/ Organisator der Informatikabteilung. Weil er nun an seiner Doktorarbeit schrieb, suchte er eine Stelle bei der DOW-Chemical in Horgen, wo er als Data-Administrator halbtags tätig sein konnte. In unserem kleinen «Schraubenzimmer» sass Georges so oft er konnte und so viel er mit seiner körperlichen Behinderung vermochte und schrieb an seiner Doktorarbeit. Und im Jahr 1980 war es dann so weit, die Ernennung zum Doktor der Wirtschaftswissenschaften. Ein bisschen stolz war ich schon, dass aus dem einstigen Lausejungen Georgeli ein Dr. Georges Kohler geworden war. Heute sind wir überzeugt, dass dies nur dank den Gebeten seiner Grosseltern und seiner Mutter möglich geworden ist. Gott ist gnädig und gütig und erhört die Gebete seiner Kinder.

Nach 7 Jahren im Spital Horgen erhielt ich ein Angebot, bei einem Rheumatologen als Physiotherapeutin zu arbeiten. Ich stellte aber zur Bedingung, dass ich nur halbtags arbeiten möchte, da ich vorhatte, mich selbstständig zu machen. So konnte ich die Nachmittage nutzen, um meine Heimpatienten für eine Behandlung aufzusuchen. Auch zu Hause hatte ich ein paar wenige Patienten. Bald hatte ich eine Gruppe von 20 Frauen beisammen, die interessiert waren an einem kleinen Gruppenturnen. Für diese Anlässe mietete ich von einer christlichen Gemeinde einen Saal, in dem ich 4–5 Stunden in der Woche Musikgymnastik erteilte. Ich liebte die Abwechslung bei meiner Arbeit. Die Selbstständigkeit und Gestaltungsfreiheit machten mir immer mehr Spass, sodass ich bereits nach einem halben Jahr die Stelle beim Rheumatologen kündigte.

«Schaffe, schaffe, Häusle baue!»

Mein Vater hatte meinem Bruder in Binningen ein schönes Stück Land geschenkt, auf dem er ein Zweifamilienhaus errichten konnte. So fühlte sich mein Vater verpflichtet, mir etwa den gleichen Betrag zu schenken. Allerdings war der Landpreis in Binningen damals viel tiefer als der in Horgen. Trotzdem schaute sich Georges um, ob für uns eine Möglichkeit bestünde, in Horgen oder Umgebung ein eigenes Haus zu erwerben oder zu bauen. Auch in dieser Angelegenheit durften wir Gottes Führung erleben. Durch Einladung von Freunden hatten wir an einigen Vorträgen der IVCG teilgenommen – für Studenten waren die Frühstückstreffen gratis – und dort unter anderem auch Dr. Hans-Dieter Vontobel kennengelernt. Der teilte Georges mit, dass die Bank einen Informatik-Revisor suche. Mein Chéri bewarb sich und bekam die Stelle. Das war genau der richtige Zeitpunkt, denn als Bankangestellter waren die Hypothekarzinsen erheblich günstiger. Das Problem, im Jahr 1980 gab es in Horgen fast kein Bauland zu kaufen. Durch den damaligen Chefarzt Dr. Huber vom Spital Horgen vernahmen wir, dass die Firma Feller am «Ärztehügel» noch ein paar wenige Parzellen zum Verkauf anbiete. Und dank seiner Empfehlung konnten wir ein Stück Land aussuchen, das sich für einen Rollstuhlfahrer am besten eignete. Da unser Freund und Nachbar an der Bachtelstrasse, Architekt Robi Schindler, gerade Zeit hatte, Pläne zu zeichnen und die Bauleitung zu übernehmen, konnten wir unseren Traum innerhalb kürzester Zeit erfüllen. Mitte April 1981 erfolgte der Spatenstich, und Mitte September des gleichen Jahres konnten wir bereits einziehen.

Meine eigene Therapiepraxis

Nun hatte ich einen eigenen Therapieraum und meine Kundschaft wuchs schnell. Viele davon waren im Rollstuhl oder teilweise gehbehindert. Da kam mir die

Idee, ich könnte ihnen eventuell mit einem Ausflug Freude bereiten, mietete einen VW-Bus und chauffierte sie an verschiedene schöne Reiseziele. Als ich den ersten Kratzer am Bus verursacht hatte, merkte ich, dass dies für mich zu stressig war. Auch hier gab es wieder eine Lösung. Wir konnten die Ausflüge mit einem grossen Rotkreuz-Bus machen. So unternahmen wir Reisen ins Selegermoor, auf die Insel Mainau, ins Appenzellerland und an viele andere Orte. Und immer im November besuchten wir ein Einkaufszentrum für die Weihnachtseinkäufe. Zusammen mit einigen Begleiterinnen, die ich für die Fahrten gewinnen konnte, halfen wir den Patienten zum Beispiel bei den Toilettengängen oder anderen Besorgungen. Eine Frau hatte nebst den Hosen noch sechs Schichten Unterhosen an. Das hiess dann siebenmal runter fürs Klo und danach wieder siebenmal rauf. Wir nahmen es mit Humor. Auch bei den gemeinsamen Essen wurde viel gelacht.

Obwohl diese Ausflüge sehr anstrengend waren, bereitete es mir viel Freude, andere wenigstens teilweise glücklich machen zu können. Während der etwa 30 Jahre, in denen ich eigene Patienten behandeln durfte, ergaben sich auch echte Freundschaften. Gott schenkte mir die Kraft, sie zu lieben und ihnen möglichst viel Gutes zu tun. Erstaunt war ich immer wieder, wie viele zum Teil vom Schicksal schwer gezeichnete Menschen, auch MS-Patienten, trotz ihres Leidens fröhlich, aufgestellt und dankbar waren. Für mich stimmt der Satz von Mutter Theresa zu hundert Prozent:
«Erfolg ist, wenn wir aus jeder Lebenssituation das Beste machen können.»

Natürlich gab es bei mir auch Traurigkeit darüber, dass etliche mit der Zeit schwächer wurden, ihre Kräfte nachliessen und oft auch früher verstarben als gesunde Menschen. Auftanken konnte ich jeweils in den Hauskreisen, in Gottesdiensten, aber auch in den Ferien mit meinem immer gut gelaunten Chéri. Ja, ich liebte meinen Hasen, meinen Beruf, unsere Freunde, und so konnten wir bald den Gedanken, dass wir keine Kinder haben durften, beiseite legen. Wir hatten uns zwar beim Jugendamt für eine Adoption angemeldet, vielleicht den Fehler gemacht, uns als gläubige Christen zu outen. Als wir nach 10 Jahren noch immer keine Antwort erhielten, waren wir zwar enttäuscht, legten aber dieses Anliegen in Gottes Hand.

Unsere Katzen und Hunde

Dafür wurde im eigenen Haus jetzt ein anderer, schon lange gehegter Wunsch erfüllt, einen kleinen "schatzigen" Hund in unsere Familie aufzunehmen. Schon als Kind hatte ich mir das immer gewünscht. Aber weil meine Eltern keine Zeit und kein Musikgehör dafür hatten, musste ich mich mit Plüschtierchen begnügen. Einmal hatte ich mir als Jugendliche eine Hundeleine gekauft!

Georges war es von Kind auf gewohnt, Haustiere um sich zu haben. Von Freunden hatten wir die Adresse von jemandem bekommen, der junge "Baschterli" anzubieten hatte. Die kleine Hündin, die uns am besten gefiel, war 14 Wochen alt, gerade recht, um sie mit nach

Hause nehmen zu können. Stolz ging ich dann mit Tapsy spazieren. Und auch mit unserer Katze Trixli verstand sie sich von Anfang an gut. Während der Therapie mit meinen Patienten lag Tapsy immer friedlich da, und die allermeisten freuten sich an ihrer Gesellschaft. Georges war ein begnadeter Hundekenner und Dresseur. So lernte Tapsy aufs Wort zu gehorchen, und ich konnte sie überallhin mitnehmen, auch zu den Patienten, die ich zu Hause betreuen musste.

Später, nach dem Tapsy von uns ging, bekamen wir mit Furbo ein prächtiges "Golden-Retriever-Männli". Da wir ihn wieder gut erzogen hatten und er aufs Wort gehorchte, konnten wir auch durch die Stadt gehen, ohne ihn an die Leine zu nehmen. Oft kam Furbo mit einem Teddybären oder etwas Ähnlichem in der Schnauze angerannt, und dann mein Hase im Rollstuhl hinterher. Die Passanten mussten nur lachen. Leider ist es aber traurig, zu sehen, wie Leute, die eigentlich gesund sind, missmutig in die Welt schauen. Unser Hobby war und ist es, zu versuchen, den Leuten ein Lächeln abzugewinnen. Manchmal klappt's!

Nach Furbo nahmen wir Bianca, eine schöne reinrassige "Berger-Blanc-Suisse-Hündin" in die Familie auf. Immer wieder standen die Leute still und bestaunten sie. Dadurch kamen wir mit vielen Leuten ins Gespräch. Mit Charlie, unserer nächsten Katze, verstand sich Bianca ausgezeichnet. Die haben das bei meinem Chéri und mir abgeguckt; auch wir verstehen uns nach wie vor ausgezeichnet, weil wir uns so gut ergänzen. Und heute ist Baschi unser treuer Begleiter, so habe ich immer zwei Männchen um mich herum.

Kapitel 5
Leben im Rollstuhl

Nach dem Unfall von Georges im März 1968 wurde im Waidspital folgender Befund festgestellt: Querschnittlähmung durch Läsion der motorischen und sensiblen Bahnen im Rückenmark sowie eine Zerstörung von Nervenzellen. Eine Fraktur von 7/8 der Brustwirbel. Radikale Durchtrennung des Rückenmarkes. Beide Beine gelähmt, Rumpf mit Bauchmuskeln und Rückenmuskeln. Teilweise Hilfsatemmuskeln. Und die Sensibilität dieser Körperteile funktionierte auch nicht mehr. Auch die Tiefensensibilität war stark gestört. So weiss Georges nicht, wo seine Beine sind, ohne sie zu sehen. Das Problem ist, wenn er nichts mehr spürt, kann er sich verbrennen oder verletzten, ohne dass er es merkt. Auch die Druckstellen, zum Beispiel am Gesäss, wären für ihn nicht wahrnehmbar. Wir hingegen beginnen ganz automatisch unsere Stellung zu verändern, wenn es anfängt wehzutun. Die normale Atmung funktioniert, doch bei Atemwegsentzündungen und Husten wird es schwierig. Da hilft oft tüchtiges Ausklopfen des Brustkorbs. Auch der Temperaturausgleich funktioniert anders im gelähmten Körperteil. Wenn Georges in der Sauna ist, schwitzt nur der Körperteil, den er spürt. Wie schon beschrieben, fand sich mein Schnüger mit den Folgen der Diagnose und seinem Zustand schnell zurecht. Und ich, Gott sei Dank, auch! Wir sind überzeugt, dass die Leute um uns herum sich mit einem Menschen im Rollstuhl viel schwerer tun als die Betroffenen selber. Für uns war die Devise: Lebe fröhlich mit der neuen Normalität!

Die Herausforderungen

Unsere Herausforderung war, mit all den Hindernissen, die dem Rollstuhlfahrer im Wege stehen, möglichst elegant und effizient umzugehen. Vor 50 Jahren, als der Unfall geschah, war die Rollstuhlzugängigkeit im privaten wie im öffentlichen Bereich noch kaum ein Thema. Eine Treppenstufe von 15 cm Höhe konnte schon ein grosses Problem sein. Oder es fing bereits auf den Parkplätzen an. Menschen im Rollstuhl brauchen viel Platz beim Ein- und Aussteigen. Damals gab es kaum spezielle Parkplätze dafür. Das Schwierigste war oft, ein rollstuhlgängiges Klo zu finden. Bei seiner ersten Arbeitsstelle bei der Fides war kein passendes WC vorhanden. Also war er gezwungen, über Mittag von Zürich nach Horgen nach Hause zu kommen. Er sei sich manchmal vorgekommen wie eine "schwangere Bergente" mit der vollen Blase, meinte er scherzhaft.

Zum Glück waren wir beide kräftig, und ich würde auch behaupten sehr geschickt im Umgang mit dem Rollstuhl. Schnell lernten wir, dass wir Treppen rückwärts hochsteigen konnten. Ich zog kräftig an den Griffen, und mein Hase half mit den Händen an den Rädern nach. Und für kurze Strecken war ich kräftig genug, meinen schlanken Bubu zu tragen. Wir probierten auch immer neue Sachen aus mit dem Rollstuhl. Gerne besuchten wir Einkaufszentren und benutzten die Rolltreppen: rückwärts hinauf und vorwärts hinab. Bis ich einmal zuoberst das Gleichgewicht verlor, weil ich etwas leichtsinnig war. Ich hielt mich an den Rollstuhlgriffen fest, so lange ich konnte. Georges kippte aber zur Seite, fiel aus dem Stuhl und blieb – Gott sei Dank – unverletzt auf der Treppe sitzen. Zum Glück waren wir allein auf der Rolltreppe, weil der Stuhl nach unten sauste. Ich landete auf dem Bauch mit blutigen Schürfwunden. Im Kaufhaus Globus hatten sie schnell reagiert und die Treppe abgestellt. Meine Verletzungen an Hand und Unterarm mussten genäht werden, aber nach einer Woche war alles wieder okay. Unser Motto nach diesem Ereignis: Einmal im Jahr darf ich meinen Chéri "ausleeren".

Die Freizeit liessen wir uns durch den Rollstuhl nie vermiesen. Mit dem Swisstrack, einem Hilfsmittel mit Motor, das man vor den Stuhl spannen kann, machten wir Touren auf Bergwanderwegen über Stock und Stein. Danach ab und zu ein erfrischendes Bad in einem Swimmingpool. Ich packte meinen Hasen, und gemeinsam sprangen wir ins kühle Nass. Er liebte es zu tauchen und blieb möglichst lange auf dem Grund sitzen. Später, als wir ein Boot auf dem Zürichsee hatten und meist mit Freunden unterwegs waren, warfen wir unseren Georges ins Wasser. Als er mal berichtete, dass er im kalten Wasser immer kurz das Bewusstsein verloren hatte, warfen wir ihn nur noch an einer am Boot gesicherten Leine in den See. Als Paraplegiker fand der Temperaturaustausch nur in der oberen Körperhälfte statt, sodass er schnell zu frieren begann. Dies vermochte seine Freude am Baden im See nicht zu trüben. Und Gott sei Dank erlebten wir immer viel Bewahrung bei unserem oft kindlichen Übermut.

Einmal lief es nicht so wie geplant. Georges wollte unseren Furbo, den schönen Gold Retriever, ein wenig ärgern und liess es auf einer abfallenden Strasse ordentlich sausen. Oh Schreck, das linke kleine Vorderrad verfing sich in einem Loch der Strasse, der Rollstuhl samt meinem Hasen schlug einen Purzelbaum, und beide landeten im Seitengraben, der Rollstuhl einige Meter weiter unten. Zum Glück hatte Georges geistesgegenwärtig den Kopf eingezogen und einen Katzenbuckel gemacht. Als ich nach Atem ringend dazu kam, war er Gott sei Dank ansprechbar. Nachdem ich einige Mobilitätschecks durchgeführt hatte, setzte ich ihn wieder in den Rollstuhl. Zu Hause machte ich an seiner Halswirbelsäule einige Dehnungsübungen und vergessen war die Sache. Meinten wir. Ein paar Jahre später erkannte man bei einer Magnetresonanztomographie, dass er bei diesem Unfall zwei Halswirbel gebrochen hatte. Mein Hase war nicht zimperlich und klagte nie.

Nicht nur in der Freizeit oder auf Ferienreisen konnte der Rollstuhl ein Hindernis sein. Dies galt ebenso in der Berufswelt. An einem IVCG-Meeting schilderte Georges folgendes Erlebnis, das er als Alleinreisender in Frankfurt am Main gemacht hatte:

«Als ich einmal allein für drei Tage geschäftlich nach Frankfurt a.M. fahren musste und erst abends um 22 Uhr im Hotel ankam, musste ich beim Zimmerbezug feststellen, dass es sich um eine 2-stöckige Suite mit Schlaf- und Badezimmer oben handelte. Ich ging zurück zur Rezeption, meldete mein Problem und bekam zur Antwort, es täte ihnen leid, aber es sei kein anderes Zimmer frei. Was blieb mir anderes übrig, als in einem kurzen Gebet meinen Gott um Hilfe zu bitten. Keine fünf Minuten später erhielt ich in der Lobby die Mitteilung, dass

soeben ein Gast völlig unerwartet abgereist sei. Sie würden sofort das Zimmer für mich bereitmachen. So sorgte Gott dafür, dass ich auch am späten Abend mitten in Frankfurt zu einem rollstuhlgängigen Zimmer kam.»

Die Pflege

Ein permanentes Problem bei Rollstuhlpatienten ist der *Dekubitus,* ein Druckgeschwür, welches durch übermässigen Druck auf die Haut entsteht. Die Haut wird ungenügend durchblutet, so kann ein Dekubitus schon nach 30–40 Minuten Druckbelastung entstehen. Deshalb wird Querschnittgelähmten empfohlen, sich etwa alle 20 Minuten abzuheben und das Gesäss zu entlasten. Auch Harnwegsinfekte sind bei Querschnittgelähmten eine häufig zu beobachtende Komplikation, die mit der Störung der Blasenfunktion zusammenhängt. Gott sei Dank gab es im Laufe der Zeit immer wirksamere Antibiotika dagegen, denn Georges hatte immer wieder mal eine Harnwegsinfektion. So lernte er über die Jahre verschiedene Systeme der Blasenentleerung kennen.

In seinen jungen Jahren war mein Chéri ganz selbstständig. Für die Benutzung von Toilette und Bad kannte er viele Tricks. Wenn ich dabei war, half ich ihm gerne. Die Abnützung der Gelenke und der Wirbelsäule, aber auch Hautprobleme erforderten mit zunehmendem Alter immer intensivere Pflege. Die Lendenwirbelsäule brach in die Lendenlordose ein, weil Georges keine Rücken- und Bauchmuskeln hatte, um diese zu stabilisieren. Dann begann die Zeit mit dem Korsett-Tragen.

Zunehmend wurde die Pflege aufwendiger, und täglich war dafür eine Stunde nötig. Jeden zweiten Tag kam noch eine Stunde hinzu wegen der Hygiene bezüglich Darmentleerung, Baden und Cremen. Das hiess, jeden zweiten Morgen um 6.30 Uhr aufstehen und etwa 2 Stunden Pflege einberechnen.

Ungefähr mit 45 Jahren fiel es mir manchmal schwer, täglich, ohne Pause für alles verantwortlich zu sein. Freunde rieten mir, ab und zu mal etwas alleine zu unternehmen, mich irgendwo zu erholen. Auch mein Georges unterstützte das. Aber ich brachte es nicht übers Herz, ohne meinen Hasen wegzugehen. Als Georges noch arbeitete und ich am Donnerstag frei hatte, ging ich ab und zu mit meiner Freundin Anita wandern oder Skifahren. Sonst war es für mich klar, in unserer Freizeit zusammen etwas Schönes zu unternehmen. Erst als ich für eine Hüftoperation ins Spital musste, engagierten wir erstmals die Spitex. Zum Glück hatten wir die richtigen Spitexfrauen gefunden, und mein Chéri war begeistert. Es war genau der richtige Zeitpunkt, mit allem, was noch auf uns zukommen sollte. Nach nur drei Tagen im Spital freute ich mich auch auf die Spitexgirls. Und um mich zu entlasten, blieb Georges bei diesem Modell. Er schien es zu geniessen. Seit dann ist jeden Morgen ab 7.30 Uhr Leben in der Bude, und es wird viel gelacht.

Vom Umgang mit Behinderten

Als Georges einmal mit Anzug und Krawatte mit seinem Team in einem Gartenrestaurant war, kam eine Frau auf ihn zu, die wohl Erbarmen hatte mit dem Behinderten. Sie drückte ihm ein Fünffrankenstück in die Hand und meinte, dass er dieses Geld sicher gut gebrauchen könne. Die ganze Runde beobachtete ihren Chef und wartete gespannt auf seine Reaktion. Georges bedankte sich sehr höflich dafür und wünschte ihr einen wunderschönen Tag. Es kam oft vor, dass zum Beispiel in der Migros Leute auf Georges zukamen, und ihm eine Schokolade anboten. Da er die Leute nicht enttäuschen wollte, nahm er das Geschenk an und bedankte sich immer brav. Wenn Kinder ihn mal nach dem Wie und Warum des Rollstuhls fragten, versuchte er, lustige Antworten zu geben, zum Beispiel sagte er: *«Ich bin im Rollstuhl, weil ich zu faul bin, um zu gehen.»* Wir erlebten oft viel Hilfsbereitschaft vonseiten unserer Mitmenschen. Da die Leute manchmal nicht wussten, wie sie mit Georges umgehen sollten, ergriff er die Initiative und eröffnete meist witzige Dialoge, welche die Berührungsängste verschwinden liessen.

Als wir einmal von San Diego zurückfliegen wollten, fragten sie Georges, ob er aufstehen und ein paar wenige Schritte zu Fuss gehen könne. Als er verneinte, sagten sie, so könnten wir nicht mitfliegen wegen der Sicherheitsvorschriften. Dies obwohl wir den Flug gebucht und im Voraus bezahlt hatten. Auch dort blieb Georges ruhig, organisierte für den Nachmittag einen anderen Flug und die Reise ging weiter. Rückblickend dürfen wir sagen, dass wir gemeinsam viel Wunderbares, teils auch echte Wunder erleben durften. Unser Vater im Himmel sorgt für seine Kinder!

Unsere Amerika-Reise mit Hilfe der Heilsarmee

Dass das Leben im Rollstuhl viele Tücken hat, erlebten wir schon früh. Nachdem mein Hase 1977 sein 5-jähriges Studium erfolgreich beendet hatte, war es unser Wunsch, eine 7-wöchige Reise nach Amerika zu machen. Wir wussten, dass Nordamerika in Sachen Rollstuhltauglichkeit eines der führenden Länder war. Dort musste jede Pommes-Bude ein Rollstuhl-Klo haben. Dies vor allem wegen der vielen Kriegsveteranen. In Horgen hatten wir über unser Engagement im «Jugendkeller Gospelboat» Kontakt zur Heilsarmee. Die vermittelten uns eine Adresse von Salutisten in New York. So schrieben wir diesem Ehepaar, wann wir in New York landen würden und packten völlig sorglos unsere Sachen. Wir dachten, dort ein Auto zu kaufen, es rollstuhlgerecht umzubauen und dann an der Westküste wieder zu verkaufen. So packten wir das Material für den Autoumbau ein. Damals konnte man noch keine für Rollstuhlfahrer umgebauten Autos mieten.

Vom Heilsarmee-Ehepaar hatten wir leider keine Antwort erhalten. Da wir den Flug bereits gebucht hatten, bestiegen wir die Maschine mit etwas mulmigem Gefühl, aber mit dem nötigen Gottvertrauen. Um 5 Uhr morgens landeten wir in New York. Wir staunten nicht schlecht, als ein Heilsarmee-Ehepaar uns abholte. Wir waren schon sehr erleichtert und dankbar! Sie waren schon älter, und wie sich erst später herausstellte, war er der ranghöchste Offizier der Heilsarmee der USA. Halleluja, die zwei kleinen jungen Schweizer, die nicht mal Mitglied der Heilsarmee waren, wurden vom Chef höchstpersönlich empfangen. Mitten in Manhattan bekamen wir eine Wohnung in einem Altersheim der Heilsarmee. Ein Leutnant zeigte uns in den nächsten Tagen diesen wunderschönen Bezirk mit seinen vielen Parks. Und ein anderer junger Leutnant half uns, ein passendes Auto zu kaufen und ermöglichte uns, es in einer Werkstatt der Heilsarmee umbauen zu lassen. Bereits nach einer Woche konnten wir mit unserem riesigen Ford in Richtung der Niagarafälle losfahren. Wir durchkreuzten Kanada von Toronto bis Calgary, von dort weiter bis in den Nationalpark von Banff. Wir waren fasziniert und überwältigt von dieser Bergwelt. Es war ganz ähnlich wie das Engadin, einfach in viel grösseren Dimensionen. Gottes Schöpfung ist einfach grossartig!

Anschliessend fuhren wir Richtung Süden und erfreuten uns an den vielen Nationalparks in den USA. In Salt Lake City wurden wir wegen Übertretung der Höchstgeschwindigkeit von mehr als 30 Mph von einem Sheriff angehalten, verhaftet und abgeführt. In einer Arrestzelle mussten wir auf das Verdikt des Richters warten. Als wir ihm erzählten, dass wir aus der Schweiz kämen, wo wir keine Speedlimits hätten, meinte er gnädig, seine Tochter sei momentan gerade in Schweden, und er büsste uns mit nur 15 Dollar (Schweiz und Schweden können die Amis heute noch nicht unterscheiden!). Immer wieder erlebten wir, wie Gott uns half, wie zum Beispiel, als uns in der abgelegensten Gegend das Benzin ausging. Weit und breit war nur Einöde und keine Ortschaft mit einer Tankstelle auszumachen. Wir konnten gerade noch auf einer Nebenstrasse zu einem einsamen Haus rollen, das völlig verwaist und auch baufällig wirkte. Plötzlich kam aus dem Gebäude ein Mann, der uns in einen Innenhof führte. Dort stand eine verrostete Zapfsäule aus der wir – oh Wunder – unseren Tank auffüllen konnten. Und noch mehr staunten wir, als er uns das Benzin schenkte. Waren wir einem Engel begegnet?

Das Kontrastprogramm zu dieser einsamen Hütte war Las Vegas. Über all die Prachtstempel und Luxusbauten konnten wir nur staunen. Unser Geld reichte gerade für ein billiges Motel und für das Essen bei Mac Donald oder Kentucky Fried Chicken. Bei der Motelsuche war es wichtig, darauf zu achten, dass mein Schnüger aufs Klo konnte. Alles andere war zweitrangig. Wenn es ausnahmsweise über einen Swimmingpool verfügte, genossen wir das Bad, und mein Chéri lehrte mich das Küssen unter Wasser. Nachher ging es nach Los Angeles.

Im Disneyland konnten wir fast alle Bahnen ausprobieren. Die Menschenschlangen, die beim Eingang warteten, konnten wir umgehen. Als Rollstuhlfahrer durften wir beim Exit rein. Das und die reservierten Parkplätze für Behinderte sind die kleinen Vorteile, die man nutzen kann. Das Ein- und Aussteigen in die Bahnen musste immer sehr schnell gehen, weil diese nicht anhielten, sondern nur langsamer fuhren. So packte ich meinen Hasen und trug ihn in die Wägelchen. Dann ging's los. Oft musste ich meinen Georges gut halten, damit er nicht aus dem Wagen flog. Er wollte alles ausprobieren, je Verrückter, desto besser. Gott sei Dank war ich überhaupt nicht ängstlich und machte alles mit. Wenn es meinem Schnüger gar nicht möglich war, auf eine Bahn zu gehen, schickte er mich, und ich musste die Mutprobe überstehen. Uns war und ist es bewusst, dass Gott uns bewahrt hat bei diesen crazy Abenteuern. Es hätte auch schiefgehen können.

Auch auf dieser langen Reise erlebten wir viele kleine Wunder. Aber mit dem für uns grössten Wunder wollte es nicht klappen. In verschiedenen Kirchgemeinden erlebten wir, dass die Christen sagten, dass Gott Georges völlig heilen werde. Einige prophezeiten uns die Heilung mit salbungsvollen Worten. An die in der Bibel beschriebenen Wunder glaubten wir und klammerten uns daran. Ich baute mit allen Fasern meines Herzens auf diese Hoffnung und glaubte fest, dass es geschehen würde. Nach ein paar Gottesdiensten in verschiedenen Gemeinden (später sogar mal bei Kathryn Kuhlmann in Israel), in denen die sehnlichst erhoffte Heilung trotz unseres Glaubens nicht eintrat, war ich so enttäuscht und psycho, dass ich den Rollstuhl ins Auto schmiss. Ich war richtig "muff" auf Gott. Ich hatte mir ausgemalt, dass, wenn wir in Zürich landen und Georges statt im Rollstuhl zu Fuss in die Flughalle kommt, die ganze Familie und Verwandtschaft auf der Stelle nach Gott fragen und sich zu ihm wenden würde. Ein frommer Wunsch! Mein Chéri sah das viel nüchterner und beruhigte mich. Er meinte, dass sie alle staunen würden, doch schon bald hätten sie das Wunder vergessen, und würden ihr bisheriges Leben weiterleben.

So setzten wir unsere Reise dem Meer entlang bis San Francisco fort, meinen Zorn und meine Anklage hinter uns lassend. Denn wir hatten eine Lektion gelernt: «*Dein Wille geschehe!*» In der letzten Woche unserer grandiosen Reise genossen wir diese traumhafte Stadt. Dank Gottes

Hilfe kamen wir in einem Frauenheim unter. Die Wohnung eines Ehepaares der Heilsarmee, das gerade für diese Woche verreist war, wurde uns überlassen. So kamen wir zu einer günstigen Unterkunft. In San Francisco sind die Motels recht teuer. Ein Heilsarmeeoffizier half uns beim Verkauf des umgebauten Fahrzeuges. Wir bekamen fast denselben Betrag zurück, den wir für das Auto in New York bezahlt hatten. Glücklich über die schöne, spannende und bewahrte Reise, bestiegen wir das Flugzeug in Richtung Heimat.

Kapitel 6
Mitten im Leben

Im Jahr 1982 wurde Georges Bereichsleiter der Informatik bei der Bank Vontobel und bereits ein Jahr später ins Direktionskader aufgenommen. Damit war für mich die Notwendigkeit, arbeiten zu müssen hinfällig geworden. Trotzdem machte ich mit Freuden weiter mit meinen Patienten. Und auch Georges hatte Freude an seiner Tätigkeit, die er nebst Fachwissen mit viel Humor bewältigte. Abends erzählte er mir oft von lustigen Begebenheiten. Bei einem Vorstellungsgespräch fragte er den Bewerber, ob er etwas trinken möchte. *«Einen Tee bitte!»*, meinte dieser. *«Was für einen Tee?»*, fragte Georges. *«Ist egal.»* Daraufhin beauftragte er die Sekretärin, für ihn einen Kaffee zu bringen, für den Herrn "Muster" einen Abführtee. Alle waren perplex, aber für Heiterkeit war gesorgt. Einmal erteilte Georges einer Mitarbeiterin telefonisch einen Auftrag. Als er den Hörer aufhängen wollte, hörte er gerade noch ein Wort: *«Arschloch!»* Er drückte auf die Rückruftaste und meldete sich: *«Arschloch hier, ich wünsche Ihnen noch einen gesegneten Tag!»* Das sass!

In seiner Position konnte er nicht mehr so viele Streiche spielen wie während seiner Jugend- und Studienzeit. Aber immer ging er mit Humor an die Sachen ran. In den über 20 Jahren, in denen er bei der Bank arbeiten durfte, wurden ihm verschiedene Tätigkeitsbereiche zugewiesen, die ihm alle viel Freude bereiteten. Immer ging er gerne zur Arbeit, trotz zahlreicher Standortwechsel. Begonnen hatte er in Zürich Wollishofen, dann gings nach Opfikon, später an die Tödistrasse und zuletzt an die noble Bahnhofstrasse in Zürich.

Ich war überglücklich mit meinem Chéri, meinen Hunden und Katzen, meiner Praxis im eigenen Haus und auch mit den vielen Bekanntschaften, die wir pflegen durften. Oft luden wir unsere Freunde zum Grillieren oder zu einem kleinen Abendimbiss im Garten oder im Winter am Cheminée ein. Beliebt waren auch die Bootsfahrten auf dem Zürichsee. Zusammen mit unseren ehemaligen Nachbarn Robi und Janette teilten wir 26 Jahre ein Motorboot, so konnten wir die Kosten halbieren. Oft verbrachten wir die Sonntagnachmittage nach dem Gottesdienst mit ihnen und ihren beiden Töchtern auf dem Schiff. Da konnte ich auch Wasserskifahren, wobei mein Kapitän Bubu gerne Vollgas gab und die Kurven liebte. Wir hatten viel Spass zusammen. Und noch etwas verband uns immer sehr stark: Wir beide liebten schöne Musik. Ich eher so die schönen Oldies und die sanftere Art. Georges' Spektrum war breit und beinhaltete auch klassische Musik. Für mich bespielte er ganze Tonbandspulen, sodass ich immer meine Lieblingsmusik hören konnte. Echt cool von meinem Hasen!

Das Verhältnis zu meinen Eltern hatte sich stabilisiert, insbesondere das zu meiner Mutter. So machte sie mir zu meinem 40. Geburtstag das schönste Geschenk, als sie mir schrieb, dass sie sich entschieden habe, ihr Leben Jesus Christus anzuvertrauen. Sie war inzwischen 67 Jahre alt geworden. Nachträglich hat es mich aber sehr traurig gestimmt, als ich nach ihrem Tod in ihrem Tagebuch las, dass meine Mami sehr darunter gelitten hatte, weil mein Vater seine junge Tochter Susi viel mehr schätzte als sie. Das hat mich sehr geschmerzt, und es tut mir heute noch aufrichtig leid, dass ich es damals nicht bemerkt und entsprechend reagiert habe. Gott sei Dank hatten sich meine Mami und Georges immer sehr gut verstanden. Sie lachten viel zusammen.

Zu meinem 40. Geburtstag luden wir unsere Eltern und viele Freunde in eine Waldhütte oberhalb Horgen ein, wo wir ein fröhliches Fest feierten. Nachstehend zwei der Gedichte, die ich aufbewahrt habe. Das erste von meinem lieben Schwiegervater Röbi und das andere von unseren langjährigen Freunden Pedro und Bea.

Gedicht vom Schwiegervater Röbi zum 40. Geburtstag von Susi

40 Jahre Jung und froh,
liebe «Sonson», bleibe so!

Güte und Liebe strahlt sie aus,
beglückt damit das ganze Haus.

Gepflegt ist auch der schöne Garten,
mit Früchten, Rosen und Salaten.
Für Äpfel, Birnen und für Pflaumen
hat sie bestimmt den grünen Daumen.

In der Therapie, es ist bekannt,
da zeigt sie ihre starke Hand.
Da wird geknetet und massiert,
bis jeder nur noch Sterne sieht.

Zum Schluss tut sie dann auf den Rücken
noch eine heisse Fango drücken.

Ihr Mann, der zog das grosse Los,
denn seine Susi ist famos.
Dem lieben Gott, dem soll er danken,
sie liest sogar seine Gedanken.

Dass Schnüger brav sein kann, fürwahr,
hat er vom Vater, das ist klar.

Der Tapsy, ein dressierter Hund,
ist sehr geschickt, er tut es kund.
Im Zirkus würd' er sogar tanzen,
man müsste nur ein Tännli pflanzen.

Die Trixli, ein verwöhntes Tier,
sie hat sogar 'ne eigene Tür,
so kann sie strolchen und vaganten,
die Mahlzeit bei den Nachbarn halten.

Das beste Frühstück gibt es wo???,
am Samstagmorgen im Migros!

Liebe «Sonson»,
kehr in die Muntanella ein,
denn du bist unser Sonnenschein.

Wir wünschen Dir für's weitere Leben
viel Freude, Glück und Gottes Segen!

Gedicht von Pedro und Bea zum 40. Geburtstag von Susi

Wer kennt sie nicht, die liebe Susi,
mit ihrem kleinen «Has» als «Gschpusi».
Sie wirkt stets aufgestellt und heiter,
bei Problemen wie ein Blitzableiter.

Für ihre Umgebung stets ein Segen,
so wie ein warmer Frühlingsregen,
wirkt sie ohn' Ermüden
für Freunde, Tier und ihre Lieben.

Manch einer fragt: «Woher nimmt sie die Kraft?»
Sie selber weiss, dass sie's nur dank ihrem Schöpfer
schafft.
Sie ist drum voller Dankbarkeit
in trüben Stunden wie in Heiterkeit.

Daneben findet sie noch Zeit
für Sport, Kaffee und Zeitvertreib.
So keucht sie stundenlang
hinterm Tapsy her mit grossem Drang.

Nebst Garten, Haus und Hobby,
kennt sie nur noch eine Lobby:
Ihren «Schnüger» und Begleiter,
sie beglückt ihn, stimmt ihn froh und heiter.

Zusammen gehen sie den Lebensweg
über Höhen, Tiefen, jeden Steg.

Sie wandern fröhlich Hand in Hand,
getrost und froh in Gottes treuer Hand.

Wir wissen, wem der Dank gebührt,
wenn man deine tät'ge Liebe spürt.
Doch nimm auch unser Dankeswort:
Susi, bleib wie Du bist, und fahr so fort.

Spannende Ferienerlebnisse

Ja, wir genossen unsere Lebensmitte sowohl bei der Arbeit als auch in der Freizeit und besonders in den Ferien. Im Sommer verbrachten wir diese am liebsten zu Hause. In unserem schönen Garten, auf dem See, kleine Ausflüge in die Berge, es war alles vorhanden, was das Herz begehrte. Ende Winter, im Frühling und Herbst verreisten wir oft in den Süden, da Georges die Wärme brauchte. Die Kälte bekam ihm nicht gut, weil er nur wenig Bewegung hatte. Die Ferienorte suchten wir nach Rollstuhlfreundlichkeit aus. Wichtig war, dass Spaziergänge in der Ebene möglich waren. Ab und zu gingen wir mit Freunden in die Ferien, so nach Italien und Frankreich. Wir haben viele schöne Destinationen besucht, unter anderem Teneriffa, Zypern, Rhodos, Israel, Südafrika, Dominikanische Republik und ein paar Mal Amerika und Kanada.

Als Georges ein Sabbatical in der Bank Vontobel nehmen konnte, unternahmen wir eine Weltreise von Zürich nach Los Angeles, Hawaii, Fidschi-Inseln, Neuseeland und Australien, wo wir die Ostküste mit einem Mietauto abfuhren. Wegen der Zeitverschiebung und Fehlern vom Reisebüro gab es auch Überraschungen. So standen wir um Mitternacht in Hawaii auf dem Flughafen, und man sagte uns, dass unser Flug gestern weg sei. Unser Reisebüro hatte das Datum nicht gecheckt, weil der Flug von 5 Minuten vor auf 5 Minuten nach Mitternacht gewechselt hatte und wir erst noch die Datumsgrenze überflogen. Die Enttäuschung war gross! Aber mein Georges organisierte alles, damit wir am nächsten Tag fliegen konnten. Da wir einen Tag verloren hatten, überflogen wir die Fidschi-Inseln und gingen direkt nach Auckland. Für Frust war gesorgt, als wir dort das bestellte, umgebaute Auto nicht bekamen. So musste ich fahren und erst noch auf der linken Seite. Oh Schreck, meinem Chéri wurde es furchtbar schlecht. Bis zum Schluss wussten wir auch nicht, ob wir unsere weiteren Flüge bekommen würden, für die wir viel bezahlt hatten. Auch da war Gott uns gnädig, und schlussendlich klappte alles. In Australien beruhigten wir uns und genossen unsere Ferien.

Mitten im Leben, mit 40 Jahren, hat mein Georges noch mal das Skifahren versucht mit einem Skischlitten für Paraplegiker. Er wusste, wie gerne ich Ski fahre und wollte mir das weiterhin ermöglichen. So verbrachten wir eine Ferienwoche in Engelberg, um es zu lernen. Der Schlitten war jedoch viel zu schwer, und Georges fehlte die nötige Bauch- und Rückenmuskulatur, um diesen zu steuern. Er musste alles mit dem Schultergürtel machen. Ich fuhr ihm hinterher und musste lachen, weil er es immer schneller laufen liess. Typisch mein Hase, dachte ich. Kaum gedacht, stürzte er und verletzte sich an der

Schulter, nicht ideal für einen Rollstuhlfahrer. Für mich war dann die Zeit gekommen, ganz aufs Skifahren zu verzichten, ich fror eh auf den Liften, und meinen Hund konnte ich auch nicht mitnehmen. Also machte ich im Winter ausgiebige Schneewanderungen, und unser Vierbeiner freute sich darüber, besonders wenn er die Schneeballen fassen und mir bringen konnte. Und im Sommer vergnügte ich mich beim Wasserskifahren, wir hatten viel Spass dabei.

Georges wird 40-jährig

Im Jahr 1991 feierten wir anfangs März den 40. Geburtstag von Georges. Er ist nicht der Typ für grosse Feste in glamourösem Rahmen. So feierten wir im Kreise von Familie und Freunden bei uns zu Hause in Horgen mit feinem Fleisch auf dem Cheminéegrill und leckeren Beilagen. Er war ein begabter Grillmeister ob drinnen oder draussen. Anlässlich dieses Geburtstages trug sein Vater Röbi ein reizendes Gedicht vor, welches den Lebenslauf meines Hasen treffend wiedergibt.

Unserem lieben Sohn zu seinem 40. Geburtstag

Hurra, der kleine Georges ist da!,
rufen Papa und Mama,
als er drei Wochen vor Termin
im Lawinenjahr erschien.

Kaum kann er kriechen, fängt es an
mit seinem Zerstörungswahn.
Alles wird herausgerissen
und in der Stube weggeschmissen.

Der Vater kommt nach Haus' mit Bangen:
Wie wird er heute wohl empfangen?
Schon fliegen Schuhe, auch ein Topf,
wenn möglich auf des Vaters Kopf.

Bald gilt sein ganzes Interesse
nur noch der grossen Werkzeugkiste.
«Marteau, Tenailles, Tournevis» und Säge,
wie schade, wenn es dich nicht gäbe!
Kurz entschlossen, sägt er keck
die Stangen durch an Nadin's Bett.

Rennfahrer war er als ganz kleiner;
schneller als er, fuhr wirklich keiner.
Doch einmal kommt Beat im Schuss,
drückt die Hausglocke mit Genuss:
«Frau Kohler, Sie müend no nid choche,
der Georgeli het dr Skispitz broche.»

Das Basteln war des Bubu's Traum,
er fand auch schnell den rechten Raum.
Im Keller unten fing es an
mit einer grossen Eisenbahn.

Der Vater baute ein Tunnel,
wämer innefahrt wird's dunkel ,
wämer use chunnt wird's hell.
Der Maschinenpark aus Katalogen
wurde bestellt, meist ohne frogen.

Wohl bekannt in der Nachbarschaft
für seine Streiche, schauderhaft,
macht er die gute Frau Caduff
nach kurzer Zeit vollkommen muff.

Jetzt kommt die Liebe zur Musik,
«Zwei kleine Italiener» ist sein Hit.
Im Zimmer kreuzen sich die Drähte,
Mikrofon, Lautsprecher, Hörgeräte
werden überall installiert,
damit auch alles funktioniert.

Nun macht er, was niemand glaubt,
ein echter Sender wird gebaut.
Stolz sendet der bis St. Moritz
Lieder, Musik und auch ein Quiz,
bis die PTT von Chur
auf einmal kommt auf seine Spur.
Der Sender wird nun konfisziert,
oh weh! Jemand hat ihn denunziert.

Im Skifahren stets ein Ass,
auch Sprünge machen ihm viel Spass.
Leider endet es fatal,
oh Schreck! Er landet im Spital.

Unverzagt und mit Humor
vergeht so ein ganzes Johr.
Im Rollstuhl ist er Akrobat,
fährt sogar auf einem Rad,
bis an einem schönen Tag
ihm der Arzt den Laufpass gab.

Im Lyceum macht er weiter
für des Lebens Hühnerleiter.
Im Opel rast er wie im Rennen
zum Schreck der Katzen und der Hennen.

Kaum im Besitz der Matur,
denkt Bubu ans Heiraten nur.
Mit seiner Susi gut geborgen,
nisten die zwei sich ein in Horgen.

Dass Fleiss und Wille Früchte sät,
zeigt ihm die Universität.
Der Abschluss endet für ihn gut,
denn er bekommt den Doktorhut.

Im Mercedes fährt er jetzt nobel
jeden Tag zur Bank Vontobel.
Am Abend, wie könnte es anders sein,
kehrt er zurück ins traute Heim.

Das Paradies, das ist sein Garten,
da hat es Bäume aller Arten.
Die Blumen blühen in aller Pracht,
das hat sein Fraueli gemacht.

Im Grillieren ist Georges perfekt,
würzen tut er, dass es schmeckt.
Da braucht es nur noch heisse Glut
und selbst Hamburger werden gut.

Im Scrabble ist er ein Genie,
lässt freien Lauf der Fantasie.
Sein Wortschatz häuft sich immer wieder,
darum wird er jedes Mal auch Sieger.

Lieber Bubu, wir wünschen Dir zu deinem Feste
von Herzen nur das Allerbeste.
Der lieben «Sonson» danken wir,
dass sie Sorge hält zu Dir.

Uns war anlässlich dieses schönen Festes bewusst geworden, dass wir mitten im Leben angekommen waren. Die ersten 20 Jahre waren für mich eher schwierig, die zweiten dafür umso schöner.

Kapitel 7
La Grande Motte – unser kleines Paradies

Wir hatten viel von der Welt gesehen, durften zusammen wunderbare Reisen erleben. Aber, wie bereits geschildert, wurde es zunehmend aufwendiger, rollstuhlgerechte Feriendomizile zu finden. Georges hatte je länger je mehr den Wunsch, möglichst viel Zeit draussen an der Wärme zu verbringen. Er wollte sich bewegen, viel an der frischen Luft sein und seine Arme und den Oberkörper gebrauchen. Am Wohnort Horgen geht es fast nur steil runter oder rauf.

Eigentlich hatten wir nie davon geträumt, nebst unserem schönen Einfamilienhaus noch eine Ferienwohnung zu besitzen. Das brächte nur noch mehr Aufwand mit sich und das sei eh zu teuer. Für dieses Geld könnte man in den schönsten Hotels absteigen. Das waren unsere Gedanken bezüglich einer eigenen Wohnung. Ein Erlebnis in unseren Ferien des Jahres 2000 in Antibes an der Côte d'Azur gab diesen Gedanken eine andere Richtung. Übers Internet hatten wir dort eine rollstuhlgängige Wohnung gefunden. Die Lage und die Wohnung waren wirklich toll. Als wir zusammen mit unserer Freundin Gudrun die Koffer ausgepackt hatten, merkten wir schnell, dass sowohl die Küche als auch das Bad ziemlich schmutzig waren. So putzten wir eine ganze Weile, bis wir uns einigermassen wohlfühlten. Mein Hase stellte sofort fest, dass im WC die Haltestangen fehlten, dank denen er sich selbstständig auf die Toilette begeben könnte. Für ihn gibt's keine Probleme, nur Lösungen. Also kaufte er kurz entschlossen eine verstellbare Turnstange, die man normalerweise zwischen die Türzargen klemmen kann. Das ging in diesem Fall nicht. Also montierte er die Stangen von Wand zu Wand so, dass er sich daran festhalten und sich mit einem 180°-Schwung aufs Klo hieven konnte. Zwei, drei Tage funktionierte es ausgezeichnet, doch plötzlich hörten wir ein Krachen und einen kurzen Aufschrei. Oh Schreck! Mein Bubu lag samt der Stange in den Händen auf dem steinigen Badezimmerboden. Gott sei Dank blieb er unverletzt!

Aufgrund dieses Erlebnisses reifte in uns der Gedanke, uns nach etwas Eigenem umzusehen, das wir genau nach unseren Bedürfnissen einrichten könnten. Wir machten aus dem Gedanken ein Gebetsanliegen und baten um Klarheit. Noch in Antibes besichtigten wir eine super Luxuswohnung im 4. Stock mit Lift, einer traumhaften Terrasse mit wunderbarer Meersicht. Ich stellte mir schon vor, wie wir hier unsere Besuche empfangen und beherbergen würden. Aber die innere Stimme oder die der Vernunft mahnte uns zur Zurückhaltung. Mein Chéri war stets darauf bedacht, auch nachdem er Mitglied im Direktorium einer renommierten Bank war, sorgfältig mit den anvertrauten Pfunden umzugehen. Zudem hätte dieser Luxus nicht zu unserem Lebensstil gepasst. Also, weglegen und vergessen.

Unsere Trouvaille – La Grande Motte

Im gleichen Jahr erzählte mir eine meiner Patientinnen, dass sie einen super rollstuhlgerechten Ferienort am

Golf du Lion, 25 km von Montpellier entfernt, entdeckt habe. Der Ort heisse La Grande Motte. Dort könne man fast 20 km topfeben dem Meer entlang gehen oder eben rollen. Wir googelten den Ort und fanden heraus, dass dieser im Département Hérault im Languedoc-Roussillon in der Camargue liegt. Ende der 60er-Jahre des 20. Jahrhunderts wurde aus dem ehemaligen Weinbaugebiet und teils Sumpfland ein Touristenort mit einem grossen Jachthafen aus dem Boden gestampft. Der Stararchitekt Jean Balladur schuf hier die terrassenförmig gebauten Hochhäuser nach dem Vorbild der aztekischen Stufenpyramiden.

Aufgrund dieser Empfehlung und verschiedener Informationen buchten wir für den Sommer 2001 in einem 3-Sterne-Hotel für 14 Tage ein rollstuhltaugliches Zimmer. Von dort aus machten wir uns auf Erkundungstour. Nach nur einer Stunde faszinierte uns der Ort und die Lage, und bereits am zweiten Tag bestaunten wir in der Agence Immobilière die Angebote. Herauszufinden, was für uns das Beste sein könnte, war nicht einfach. Nachdem wir zuerst Wohnobjekte im Zentrum in den riesigen Hochhäusern mit traumhafter Meersicht, alle mit Lift zugänglich, besichtigt hatten, wurden wir je länger je mehr unschlüssig. Wir besannen uns auf das bewährte Rezept: Unseren Vater im Himmel um Weisheit und Führung zu bitten.

Mit neuem Mut machten wir uns am Samstagmorgen auf in den Stadtteil «Couchant», was Sonnenuntergang meint. Georges hatte es von Beginn an dort am besten gefallen. Plötzlich entdeckten wir an einem der kleinen Bungalows, direkt am Uferweg gelegen, am Gartentürchen ein Schild «*A vendre*» mit einer Telefonnummer. Sofort versuchte Georges anzurufen. Keiner zu Hause! Da hörten wir Stimmen aus dem Nachbargarten. Zaghaft meldeten wir uns und fragten, ob sie etwas über den Verkäufer wüssten. Sie verwiesen uns an eine andere Nachbarin, die für den Wohnungsverkauf zuständig sei. Kurz darauf besichtigten wir dieses schmucke 4-Zimmer-Häuschen, und nach etwa 20 Minuten war für uns klar: Das ist es! Die Frau erzählte uns, dass es bis gestern eigentlich schon verkauft gewesen war, dass aber der Käufer solange den Preis drücken wollte, bis der Besitzer, der im Elsass wohne, seine Geduld verlor. «*Wir suchen uns jemand anderen aus*», sagte er zur Nachbarin.

Die anderen, das waren wir! Beide hatten wir sofort die Ruhe und die innere Bestätigung, dass es für uns das Richtige ist. Georges und ich machten uns noch vor Ort Skizzen für den Feinschliff für einen völlig rollstuhlgerechten Umbau. Noch bevor wir wieder nach Hause fuhren, kam der Besitzer aus dem Elsass, und wir unterschrieben einen Vorvertrag. Im August fuhren wir ins Elsass und setzten die Unterschrift unter den Kaufvertrag mit einem fairen Preis. Bezahlen konnten wir damals noch mit französischen Francs, nach der Einführung des Euro wurden die Wohnungen in Frankreich erheblich teurer.

Im September fuhren wir zum ersten Mal in unser neues Bijou, und obwohl es umbaumässig noch sehr viel zu tun gab, fühlten wir uns wie im Paradies. Ein eigenes Häuschen direkt am Strandweg, umgeben von Sanddünen, mediterranen Mimosenbäumen, Sträuchern und Palmen, keine 10 Minuten zu Einkaufsmöglichkeiten und unzähligen Restaurants. Was will man mehr! Und natürlich absolut ideal für meinen Chéri! Meistens ist es warm und sonnig, und direkt vom Haus weg kann man kilometerlange Strandwege hin- und herrollen ohne jegliches Hindernis. Wir fühlten uns wie kleine Könige, besser gesagt wie Königskinder. Sind wir ja, gemäss biblischer Lesart auch!

Was die geplanten Umbauarbeiten anbelangte, waren wir von einigen Nachbarn und Kennern der Szene vor den Scharlatanen gewarnt worden, deren Hauptziel es ist, die Fremden mit überhöhten Preisen und oft unqualifizierter Arbeit über den Tisch zu ziehen. Und tatsächlich, die ersten zwei Handwerker gehörten wirklich zu dieser Gilde. Diese dubiosen Typen brachten wir fast nicht mehr aus dem Haus, weil wir die überhöhten Preise nicht im Voraus bezahlen wollten.

Wir besuchten bald einmal eine evangelische Freikirche in Montpellier, wo wie sehr liebe und nette Leute kennenlernen durften. Dank ihnen kamen wir auch zu Adressen von seriösen Lieferanten. So konnten wir nach und nach unsere Umbaupläne verwirklichen und freuten uns, schon bald unsere ersten Gäste herzlich empfangen zu können.

Für den Umbau liessen wir uns Zeit, es dauerte fast 10 Jahre, bis alles wunschgemäss eingerichtet war. Mein Chéri freute sich riesig über jede gelungene Etappe. Die Hausfrauen können erahnen, wie viel Reinigungsaufwand damit jeweils verbunden war. Aber meinem Bubu zuliebe packte ich da gerne mit an. Und Georges und ich genossen die Tage je länger je mehr in unserer kleinen "Mottenkiste".

Ja, ich war im siebten Himmel und hätte am liebsten die ganze Welt umarmt. Mit was hatte ich das verdient? Verdient natürlich überhaupt nicht, ich sah es als Geschenk unseres Vaters im Himmel, der so gütig zu uns war. Wir genossen unsere täglichen Spaziergänge dem Meer entlang, ab und zu auch ein Bad im Meer, dann entdeckten wir nach und nach die vielen Grünzonen, die ausgedehnte Spaziergänge unter viel Schatten spendenden Pinienalleen ermöglichen. Zur Abwechslung ging's mal in den Norden der Motte, wo in den Étangs de Ponant und Maugiuo Tausende von Flamingos im seichten Wasser stehen und nach Fischen Ausschau halten. In all den Jahren haben wir allein in der Motte und Umgebung schon Hunderte von Kilometern zu Fuss und mit dem Rollstuhl zurückgelegt; wir fühlten uns wirklich topfit und pudelwohl. Mit dem Auto erkundeten wir auch die Umgebung der Petite Camargue und des Languedoc-Roussillon-Gebietes, wo inzwischen gute Weine angeboten werden. Ein lohnender Ausflug ist immer auch Aigues-Mortes, ein mittelalterliches Städtchen, wo Marie Durand im Tour de Constance 38 Jahre gefangen gehalten wurde, nur weil sie Hugenottin war. In 15 Minuten sind wir dort. Nicht viel weiter ist es nach Grau-du-Roi, einem alten Fischerhafen oder nach dem Wallfahrtsort Saintes-Maries-de-la-Mer. Etwa in einer Stunde sind wir in Arles oder in Nîmes.

Am liebsten gehen wir nach Montpellier. Fast wöchentlich besuchen wir die für mich schönste Stadt, die ich Klein-Paris nenne. Diese Stadt bietet gerade für

Rollstuhlfahrer so viel. Wir können in der Neustadt parkieren, dann etwa einen Kilometer durch Parks und Promenaden mit Wasserfontänen flanieren, wo unsere Hunde sich kurz erlaben können. Für Bianca und später Baschi war dies immer ein Gaudi. Dann mit dem Lift des riesigen Polygone-Warenhauses etwa 4 Stockwerke hochfahren, bis wir auf der Place de la Comédie angelangt sind: Das Tor zur wunderschönen Altstadt von Montpellier. Kann ich jedermann empfehlen!

Zurück in der Motte gibt es auch noch jeden Abend einen Spaziergang entlang der Meerpromenade. Ab und zu liegt noch ein kleiner Gutnachtapéro in einem der zahlreichen Restaurants mit Blick auf die Sonnenuntergänge über dem Meer drin. Diese Spaziergänge dienen auch dazu, unseren Hund zu bewegen und zu beschäftigen. Anfangs waren wir noch mit Bianca unterwegs. Aktueller Nachfolger ist Baschi, der Stolze, auch ein «Berger Blanc Suisse». Viele Leute stehen still und bewundern ihn. *«Ce'qu'il est beau!»*, rufen sie aus, meinen immer den Hund, nie den Georges! Zusammen mit dem befreundeten Hundetrainer Alain von La Grande Motte hat mein Chéri ihn zu einem Assistenzhund ausgebildet. So entlastet Baschi seinen Chef richtig gut. Er hat die Fähigkeit, ihn weitgehend von fremder Hilfe unabhängig zu machen. Zum Beispiel kann er heruntergefallene Gegenstände oder das Telefon bringen usw. Ein beliebtes Hobby von meinem Hasen ist, dass er beim schnellen Rollen sein Portemonnaie absichtlich herunterfallen lässt (mutig in Südfrankreich!). Da Baschi darauf dressiert wurde, solche Gegenstände unaufgefordert vom Boden aufzuheben, reagiert er zu fast 100 Prozent richtig, hört das Geräusch, dreht schnell um und bringt es stolz seinem Chef. Bei gelungener Aktion muss zur Belohnung natürlich ein Hundekeks her! Eines Tages liess ich am Bankomaten Geldscheine raus, gab sie Baschi, und der brachte sie über den ganzen Dorfplatz getreulich seinem Herrn. Die Restaurantgäste fragen dann, wo man so einen Hund kaufen könne. Höchstens eine sich in der Nähe befindliche Katze oder eines der vielen wilden Kaninchen können ihn von seinem Auftrag abhalten. Im Notfall würde der Assistenzhund auch bellen und Hilfe anfordern. Ideal ist er auch als Zughund für den Rollstuhl. Er liebt es, meinen Bubu in rasendem Tempo, verbunden mit einem dafür geeigneten Halsband durch die Gegend zu chauffieren. Eines Tages war mein Hase wieder mal zu schnell unterwegs. Der Rollstuhl kippte, er holte sich eine blutige Nase und eine Schramme im Gesicht. Im Spital von Montpellier wurde er um 23 Uhr abends geflickt. Georges freute sich diebisch, dass diese Behandlung, über 20 Stiche rund ums Auge, nur 21 Euro gekostet hatten. So tickt er, mein Hase!

«Mein Studiöli»

Am liebsten hätte ich gerne alle unsere Freunde und Bekannten eingeladen, mit uns diesen schönen Ort und die damit verbundenen Erlebnisse zu teilen. Wir hatten zwar ein kleines Gästezimmer, das auch schon sehr rege benutzt wurde, aber es wurde dann doch etwas eng. Im Jahr 2011 konnten wir in unmittelbarer Nachbarschaft im 1. Stock einer grossen, gut gepflegten Liegenschaft ein kleines Studio kaufen. Vom Balkon aus hat man etwas Meersicht, und weil es von der grossen Promenade zurückgesetzt ist, ist es sehr ruhig gelegen. Da "mein Studiöli" schon etwas in die Jahre gekommen war, nutzten wir die Gelegenheit, alles rauszureissen und es völlig neu umzubauen. Ich konnte es nach meinem Geschmack und meinen Wünschen einrichten, und mein Georges half mir, alles genauso zu realisieren. Seit das Studiöli eingerichtet ist, wird es fleissig von unseren Freunden und Bekannten benutzt. So können wir oft eine unbeschwerte Zeit miteinander geniessen, ohne dass wir aneinanderkleben müssen. Aber ab und zu ein gemeinsames Essen auf unserer Terrasse oder in einem Restaurant zu geniessen, ist einfach nur herrlich. Ein riesiges Vorrecht und Geschenk!

Nun verbringen wir jährlich mindestens 5 mal 3 Wochen in der Motte, die unsere zweite Heimat geworden ist. Die Fahrstrecke von etwa 730 km bringt mein Hase meistens in etwa sechseinhalb Stunden hinter sich. Unterwegs gibt's nur einen "Pipihalt" für Baschi, und für mich heisst es kurz die Beine vertreten. Brötchen und Kaffee sind immer an Bord, und auch CDs mit guter Musik oder Predigtserien vom «Prisma» in Rapperswil gehören zum Programm. So vergeht die Reise wie im Flug. Apropos Flug, einige unserer Gäste sind von Basel aus mit «Easyjet» nach Montpellier geflogen, zum Preis von etwa einem Abendessen. Andere kamen per Bahn, geht auch wunderbar. Vor Unfällen blieben wir – Gott sei Dank – bis jetzt stets verschont. Nur einmal hatten wir eine Reifenpanne, was für etwas Spannung und eine längere Fahrt sorgte.

Kapitel 8
Zurück im Alltag: Krebs, Chemo und Dialyse

Bis jetzt hatten Georges und ich nur glückliche Zeiten miteinander erlebt. Angefangen von der ersten Begegnung im Jahre 1970 in der Physiotherapie in St. Moritz bis hin zu unserem paradiesischen Pendeln zwischen dem Zürichsee und Südfrankreich. Zudem hatten wir in Rapperswil eine Freie Evangelische Gemeinde gefunden, in der wir uns so richtig zu Hause fühlten, wo wir aus den Gottesdiensten Kraft schöpfen konnten und in der wir viele liebenswürdige Menschen kennenlernen durften. In der «Kirche im Prisma» wird Christentum wirklich gelebt. Ihr Engagement beschreibt sie auf ihrer Homepage unter dem Motto «Beschenkt, um zu Beschenken» so:

«Wir sind von Gott überaus reich beschenkt worden mit seiner Liebe, seinem Frieden, dem ewigen Leben... Wir wollen nun das Geschenk seiner Liebe auch an andere weitergeben. Wir tun das aus Nächstenliebe in Jesu Auftrag und weil wir hoffen, dass dadurch die Welt ein kleines bisschen besser wird.»

An diesem Auftrag versuchen wir uns so gut wie möglich zu beteiligen.

Für uns schien die Welt 40 Jahre lang mehr als in Ordnung zu sein, wohlwissend, dass wir privilegiert waren und dass es längst nicht allen Mitmenschen so gut ging und geht wie uns (trotz der Behinderung von Georges). Ja, uns ging es wirklich gut, bis eine medizinische Untersuchung vieles veränderte.

Im Sommer 2010 riet uns die Hausärztin, dass Georges sich einer Uroskopie unterziehen sollte. Nach wenigen Tagen erreichte uns der Bericht, dass sie bei der Untersuchung einen Blasenkrebs entdeckt hätten, der baldmöglichst raus müsse. Schnell konnte ein Termin vereinbart werden.

Die Operation verlief gut, und als ich ihn besuchte, war er wohlauf in seinem Spitalbett in einem Einzelzimmer. Als Privatpatient sollte er entsprechend gut versorgt und betreut werden. Am Abend fühlte er sich noch recht gut, genoss sein Abendessen und schaute danach einen Krimi. Allmählich verspürte er Schmerzen im Bauch, die sich dann krampfartig verstärkten. Als der Bauch anschwoll, verlangte er nach der Pflegefachfrau und sagte, sie solle nachschauen, ob der Urin wirklich durch den Katheter in den Sack runterlaufe. Er spürte, dass mit seiner Blase etwas nicht in Ordnung war. Sie fand aber den Gedanken und Wunsch von Georges völlig abwegig, schaute gar nicht nach, sondern spritzte ihm ein Entwässerungsmittel. Als es meinen Chéri vor Krämpfen und Schmerzen fast "aus dem Bett haute", verlangte er nochmals nach der Pflege. Diesmal schaute sie nach, und tatsächlich hatte es im Katheter einen Knick, sodass sich etwa eineinhalb Liter Urin in der frisch operierten Blase befand, anstatt im Sack. Gott sei Dank war die Blase gut genäht!

Am nächsten Morgen war ich bei ihm, wusch ihn, kleidete ihn an, und wir verliessen so schnell wie möglich das Spital, und bald waren wir wieder glücklich zu Hause vereint. Danach lebten wir wieder für 2–3 Jahre unser wunderschönes Leben weiter.

Meine neue Freundin Déborah

Im Jahr 2012 trat eine junge blonde und hübsche Frau in der Kirche «Prisma» auf und erzählte ihre spannende Lebensgeschichte. Die ausgebildete Flugbegleiterin *Déborah Rosenkranz* erzählte, wie sie mit 14 Jahren der Magersucht verfiel, später dann der Bulimie. Diese Süchte begleiteten sie fünf lange und schwere Jahre, bis sie eines Abends zufällig (wenn es das gibt) ihre Eltern wegen ihr Weinen und Beten hörte. Durch dieses einschneidende Erlebnis habe es in ihr Klick gemacht, und sie sei sich bewusst geworden, dass sie so nicht mehr weiterleben könne. Gott half ihr, begleitet durch die Gebete der Eltern und vieler Freunde, von dieser Sucht loszukommen. In einer musikalischen Familie aufgewachsen, widmete sie sich danach dem Gesang, tourte durch Europa und die USA und brachte auch CDs heraus. Zudem hielt sie viele Vorträge zum Thema Magersucht und verfasste ein Buch mit dem Titel *«So schwer, sich leicht zu fühlen: Wie ich von meinen Essstörungen frei wurde.»*

Nach ihrem Auftritt im «Prisma» bot man ihr eine Teilzeitstelle an, am Sonntag und Montag im Lobpreisteam mitzuwirken. Da sie in Stockach am Bodensee wohnte, schlugen wir ihr vor, dass sie jeweils bei uns in Horgen übernachten könne, was sie gerne annahm. So lernten wir uns immer besser kennen und schätzen, wir lachten viel zusammen und teilten Freud und Leid. Später besuchte sie uns regelmässig in der Motte, sie flog oft direkt von Basel nach Montpellier, wo wir sie abholten. Und sie nahm auch hautnah an unseren bisherigen, aber auch an den künftigen Leiden Anteil. Für mich ist Déborah eine echte Freundin geworden, und wir nahmen sie bei uns auf, als wäre sie unsere Tochter.

Die zweite Blasenoperation 2013

Weil gegen Ende 2013 der Urin von Georges meistens bordeauxrot war, meldeten wir uns auf Anraten des Hausarztes in der Klinik Hirslanden für eine Zystoskopie an. Trotz meines unerschütterlichen Gottvertrauens hatte ich diesmal ein etwas mulmiges Gefühl im Bauch. Ich chauffierte meinen Hasen pünktlich auf 14 Uhr in die Klinik. Als man mir sagte, ich könne während der Blasenspiegelung nicht dabei sein, weil diese im OP-Raum stattfinden würde, war ich enttäuscht. Ich solle etwa mit einer Untersuchungszeit von zwei Stunden rechnen, meinten sie. Also liess ich meinen Chéri ungern allein zurück, liess den Wagen in der Parkgarage stehen und fuhr mit der Strassenbahn in die Zürcher City. Plötzlich überkam mich eine Traurigkeit, wie ich sie nie gekannt hatte. Im Tram, wie wir Schweizer sagen, stand eine grosse, kräftig gebaute dunkelhäutige Frau, die plötzlich laut zu allen Passagieren sprach: *«Ihr Zürcher, seht doch mal wie gut es euch geht. Gott hat euch mit so viel Reichtum beschenkt. Sagt doch mal Halleluja!»* Nur einige wenige lenkten kurz den Blick von ihren Handys weg auf die eigenartige Frau, die meisten taten, als hätten sie nichts gehört. Wahrscheinlich wieder eine von diesen Gestörten. Aber in mir hatte es etwas bewirkt. Als ich bei der nächsten Station ausstieg, verabschiedete ich mich von ihr kurz auch mit einem *«Halleluja»* und der Bemerkung: *«Danke, ja Sie haben recht!»* Die zwei, drei Worte der unbekannten schwarzen Frau erschienen mir als ein Zeichen von Gott, dass er mit uns war in dieser ungewohnten Situation.

Da ich bis 16 Uhr noch keinen Anruf von Georges erhalten hatte, fuhr ich wieder zurück in die Klinik. Beim Empfang teilte man mir mit, dass ich ihn im Aufwachraum besuchen könne. Dort erfuhren wir, dass er wegen Komplikationen noch eine Nacht bleiben müsse, was für uns keine freudige Nachricht war. Wir waren uns so gewohnt, immer zu zweit zu sein, nie mussten wir uns trennen, wir gehörten einfach zusammen wie ein Klettverschluss! Wir teilen sogar unsere Zahnbürste ohne Probleme. Also musste ich erst mal ohne meinen Hasen nach Hause, durfte ihn aber anderntags, Gott sei Dank, abholen.

Bei der Untersuchung wurde ein aggressiver Blasenkrebs entdeckt, der möglichst schnell entfernt werden musste. Diesmal gäbe es keine Wahl mehr: Die ganze Blase müsse raus, und es müsse ein Urustoma (künstlicher Blasenausgang) her. Das war die klare Aussage der Urologen. Nach kurzem Überlegen und Gebet kamen wir zum Schluss, dass wir die OP möglichst schnell machen möchten. Bezüglich Urustoma hatten wir zwar Bedenken, weil Georges schon seit einigen Jahren ein spezielles Korsett tragen musste. Dieses war nötig geworden, weil sein Rücken immer mehr ins Hohlkreuz (Lendenlordose) fiel.

Diesmal klappte in der Klinik Hirslanden alles bestens. Sie suchten das beste Pflegepersonal, das auch im Umgang mit Paraplegikern Erfahrungen hatte. Georges hatte aufgrund seiner Erfahrung nach der 1. OP im Vorgespräch gedroht, dass er sich nach der OP für die Pflege ins Balgristspital verlegen lassen würde. Das hatte offenbar gewirkt. Nach der Operation hatte der Urologe noch gescherzt und erzählt, dass sie den speziell langen Darm, der noch Luft enthielt, kaum mehr in den Bauchraum gebracht hätten, weil immer wieder eine Schlinge rausgespickt sei. Aber ansonsten verlief alles bestens. Und anstelle der geplanten 14 Tage durfte ich meinen Hasen schon nach einer Woche nach Hause nehmen. War auch höchste Zeit!

Gott sei Dank ahnten wir nicht, was noch auf uns zukommen würde. Da der Krebs sich schon in den Lymphknoten befand, musste Georges nach der OP auch eine Chemotherapie machen, mit Cysplatin, einem aggressiven Mittel. Vorerst vertrug er es gut, aber nach zwei Tagen erlitt er eine schwere Urosepsis. So landete Georges notfallmässig im See-Spital Horgen für Antibiotikainfusionen. Nach nur drei Chemotherapiesitzungen hatte Georges genug von der Behandlung, und wir beschlossen, die Übung mit dem nötigen Gottvertrauen abzubrechen.

Anschliessend genossen wir wieder unsere Tage in Südfrankreich solange, bis Georges bemerkte, dass kein Urin mehr floss. Beunruhigt, versuchte ich mit Bauchmassagen und Kneten, den Urinabfluss in seine richtigen

Bahnen zu lenken, umsonst. Nun drohte eine akute Blutvergiftung. So entschlossen wir uns, möglichst schnell nach Hause zu fahren. Als wir am Morgen die Grande Motte verliessen, hatte Georges bereits leichtes Fieber. Von Bern an stieg das Fieber bedrohlich an, aber wir kamen gerade noch rechtzeitig im See-Spital Horgen an. Dort wurden ein akuter Urininfekt und eine drohende Sepsis festgestellt und umgehend mit Antibiotikainfusionen behandelt. Bei dieser Gelegenheit wurde auch noch der Darm untersucht, worauf man Georges empfahl, den Dickdarm, der viel zu lang war, operativ zu kürzen.

Dickdarmoperation

Im *Dezember 2013* wurde Georges in der Hirslandenklinik von einem Viszeralchirurgen am Dickdarm operiert. Die ersten Rückmeldungen von Georges und den Ärzten tönten sehr positiv. Nach einem Monat hatte mein Chéri aber Probleme mit der Verdauung, er musste immer wieder erbrechen.

Obwohl Georges in diesem Jahr eine Blasenoperation und den Einbau eines Urustomas sowie eine Dick- und Dünndarmoperation hinter sich hatte, blickten wir im Neujahrsschreiben an unsere Freunde dankbar zurück, aber auch vorwärts. Eigentlich waren wir zuversichtlich, dass jetzt das Schlimmste überstanden sei, und wir begannen mit der Jahresplanung 2014 für unsere Aufenthalte in der Motte und auch für die unserer Gäste.

Eigenartig war, dass Georges, der immer gerne und gut isst, sich über Appetitlosigkeit beklagte. Und wenige Tage später musste er regelmässig erbrechen. Dieser Zustand war nicht mehr haltbar, und wir brachten Georges am *Samstag, 25. Januar 2014*, in die Notfallstation der Hirslandenklinik. Gott sei Dank war unser Professor gerade anwesend und leitete die Untersuchungen. Diese ergaben einen beinahe Dünndarmverschluss, weil der Darm nicht mehr richtig arbeitete. Das Problem wurde mit einem mikroinvasiven Eingriff behoben. Vermeintlich sollten jetzt alle Komplikationen vom Tisch sein. Aber etwas war sonderbar. Von Tag zu Tag schwoll der Bauch von Georges an, und er hatte keinen Appetit mehr. Auf die Frage des Professors, wie es ihm gehe, meinte er immer: «*Gut!*» Einerseits verspürte er tatsächlich wegen der Paraplegie wenig Schmerzen im Bauch, andrerseits denke ich, dass mein Hase einfach so schnell wie möglich nach Hause wollte.

Dem Ärzteteam gefiel der Zustand ihres Patienten überhaupt nicht. So wurden weitere Röntgenaufnahmen und MRIs veranlasst. Nach ein paar Tagen, einem Mittwoch, entschloss man sich für eine Operation. Dabei wurde festgestellt, dass der Darm Löcher aufwies und als Folge davon der Darminhalt in den Bauchraum geflossen war. Das Resultat war eine fortgeschrittene Bauchfellentzündung, gemäss Aussage der Ärzte mit nur geringen Überlebenschancen. Am Freitag entschloss man sich, den Bauch nochmals zu öffnen und mit Antibiotika zu spülen. Samstags waren sie noch immer nicht zufrieden, also zurück in den OP-Saal, zum dritten Mal öffnen und dann wieder auf die Intensivpflegestation. Bei meinen täglichen Besuchen merkte ich schnell, dass etwas nicht mehr stimmte. Georges atmete schwer, ass kaum mehr und war apathisch, etwas, dass ich bei meinem Chéri überhaupt nicht kannte. Am Mittwochnachmittag traf ich ihn, aber dies war nicht mein Georges, den ich 45 Jahre kannte. Ich war tieftraurig und hilflos und hatte viele Fragen an Gott. *«Wo bist du jetzt, wo wir dich am dringendsten brauchen?»* Die Ärzte hatten entschieden, Georges bis auf Weiteres auf der Intensivstation zu belassen. Da er völlig abgemagert war, wurde er nun per Infusion ernährt.

Da hilft nur noch Beten

Der Zustand von Georges blieb äusserst kritisch. Bei meinen Besuchen am Freitag und Samstag traf ich ihn oft im Delirium an. Er faselte irgendetwas Unverständliches von einem «Dschungelloch». Dieser Zustand überstieg meine Kräfte. Wie wichtig es ist, in solchen Situationen Freunde zu haben und eine christliche Gemeinde hinter sich zu wissen, wurde mir ganz neu bewusst. So kam Pastor Reto Pelli vom «Prisma» mit den lieben Freunden Adelheid und Dave ans Krankenbett, um mit Georges und mit mir zu beten. Mein Georges, für Augenblicke wieder da, erkannte unseren Pastor und sagte nur ganz leise: *«Winterthur»*. Er erinnerte sich wohl an die letzte gemeinsame Gebetsstunde, wo Reto erzählt hatte, dass das «Prisma» in Winterthur eine neue Kirche eröffnet hatte. *«Wir waren doch zusammen im Swimmingpool»*, hauchte Georges. Das war nun reine Halluzination! Ja, er war wirklich völlig verwirrt und durcheinander. Als er später wieder klare Gedanken hatte, erinnerte er sich daran, dass er in jenen Momenten vor einer Türe stand, wo man ihn fragte: *«Willst du herein oder willst du zu Susi zurück?»* *«Zu Susi!»*, habe er ohne zu zögern geantwortet. Auch hätte er einen Vorhang vor sich gehabt wie aus glitzernden Lamettenfäden. Er hätte ständig versucht, diese beiseitezuschieben, aber seine Hand sei wie durch Luft geglitten; es gelang ihm nicht, die Fäden zu berühren. Dieser Zustand war die Folge von stark wirkendem Morphium. Trotzdem hatte er die Besucher erkannt und sich über ihre Gebete gefreut. Als ich aber helfen wollte, seinen hechelnden Atem zu beruhigen, meinte er nur: *«Oh lasst mich doch in Ruhe!»*

Es war ihm einfach alles zu viel geworden. Doch die Gebete hatten etwas bewirkt. Am Montagmorgen hatte Georges genug von seinem «Dschungelloch» und bestand darauf, von der Intensivstation wieder auf sein Zimmer verlegt zu werden. Am Nachmittag wurde sein Wunsch erfüllt. Ganz kritisch wurde es nochmals am Mittwoch. Jetzt stand das Leben von Georges gemäss Aussage der Ärzte wirklich auf Messers Schneide. Ich rief seine Schwester Nadine an und fragte, ob sie nicht vorbeikommen könne. Wir mussten mit dem Schlimmsten rechnen. Am Nachmittag war ich zusammen mit Nadine und ihrem Mann am Bett, und wir hatten die Hoffnung schon beinah aufgegeben, dass Georges überleben würde. Im Moment war ich einfach dankbar, dass ich in dieser schweren Stunde nicht alleine war. Ich bat auch viele Freunde um Gebetsunterstützung.

An diesem höchst kritischen Tag rief unser Freund Pedro an, der gerade in Zürich an einer Sitzung war und fragte, ob er Georges besuchen könne. Wir standen gerade mit einem Ärzteteam am Bett von Georges, und die wirkten völlig ratlos. Ich musste Pedro leider mitteilen, dass es in diesem Moment nicht gehe, und dass das Leben von Georges nur noch an einem seidenen Faden hänge. Er ging daraufhin traurig in die Kirche St. Peter und verspürte den Drang, für Georges intensiv zu beten. Er war völlig allein in der Kirche und spürte eine tiefe Traurigkeit. Es fühlte sich an wie ein Kampf zwischen Finsternis und Licht, wobei Ersteres überwog. Plötzlich erklang von der Empore her laute und fröhliche Orgelmusik, welche die düstere Stimmung durchbrach und wie ein Hoffnungsstrahl aufschien. Da war offenbar ein Organist am Werk, der über Mittag für eine Hochzeitsfeier übte. Zum Glück nicht für eine Beerdigung! Das war ein Geschenk Gottes! Und mehr als das, die vielen Gebete von Freunden wurden erhört. Es ging von Stunde zu Stunde und von Tag zu Tag etwas aufwärts mit meinem geliebten Chéri.

Beim Erinnern an diese schweren Stunden kommt mir das Wort von Paulus in den Sinn, der an die Gemeinde in Philippi zum Zustand von Epaphroditus schrieb:

«Es stand tatsächlich schlimm um ihn; er war dem Tode nah. Aber Gott hat sich über ihn erbarmt – und nicht nur über ihn, sondern auch über mich. Habe ich doch schon Kummer genug!»
(Philipper 2,27)

Jeden Morgen vor dem Besuch ging ich mit Baschi, unserem treuen Vierbeiner, auf den Horgenberg für einen stündigen Spaziergang. Ich versuchte, meinen Kopf von quälenden Gedanken freizubekommen und körperlich und seelisch im Gleichgewicht zu bleiben. Eine Stunde in Gottes Natur zu sein und dabei zu IHM schreien zu können, das brauchte ich. Ehrlich sagte ich IHM, dass ich ohne meinen geliebten Georges nicht leben könne und wolle. Nach einer Woche des Schreiens war ich dann so erschöpft, dass ich nur noch hauchen konnte: *«Dein Wille geschehe!»*

Im Nachhinein wundere ich mich, wie ich durch diese Zeit durchgetragen worden bin. Ich funktionierte einfach noch. Konnte schlafen, erwachte früh und hörte mir im Bibel-TV Gottes Wort oder Lobpreislieder an. Dann ankleiden, eine Kleinigkeit essen, Spaziergang mit Baschi und nachher mit der Fähre über den Zürichsee und weiter mit dem Auto nach Zürich in die Klinik. Unterwegs hörte ich auch Lobpreislieder oder Teile einer Predigt, ich konnte nicht allein sein. Um 10 Uhr war ich dann jeweils bei meinem Hasen, drückte und pflegte ihn, sogut ich eben konnte. Auf dem Rückweg betete ich auf der Fähre und sagte: *«Ich möchte immer so nah bei Dir sein, wie es nur geht. Wenn es mir schlecht geht, aber auch wenn es mir mal wieder gut gehen sollte.»* Denn ich wusste aus Erfahrung, wie schnell man Gott wieder vergessen kann, wenn man IHN scheinbar nicht mehr braucht. Unterwegs kaufte ich mir schnell noch ein Fertigmenü, ich hatte keine Kraft mehr zum Kochen. Jeden Abend, wenn ich nach Hause kam, erwartete mich meine Freundin Anita. Sie hatte jeweils den Nachmittag mit unserem Baschi verbracht, der auch merkte, dass etwas nicht mehr stimmte in unserer Familie. Er wirkte traurig, freute sich aber immer riesig, wenn er mich wieder sah. Und meiner lieben Anita durfte ich dann vom Besuch und vom Zustand von Georges berichten, über meine Hoffnungen und Ängste, einfach über alles. Und das tat so gut! Danach sank ich todmüde (sollte man eigentlich nicht sagen) ins Bett, um etwas Kraft zu tanken für den kommenden Tag.

Drohender Dekubitis

Georges war nun bereits über 3 Wochen in der Klinik, es ging ihm inzwischen ein wenig besser. Er war über den Berg, wie wir oft so flapsig daherreden. Dann äusserte er den Wunsch, möglichst bald nach Hause zu können. Er hatte genug vom Spitalleben. Obwohl nun eine holländische Pflegefachfrau seine Pflege übernommen hatte, mit der er sich gut verstand und die einen wirklich guten Job machte. Sie erkannte, dass nach den langen Tagen des Liegens auf dem Steissbein ein Dekubitis drohte. Das ist für gelähmte Bettlägerige immer ein grosses Schreckgespenst, ein Zustand, der zum Tod führen kann. Sie wusste, dass es einen Service gab, um spezielle Dekubitismatrazen zu bestellen. Bereits eine Stunde danach war die Matratze da, und sie begann mit der adäquaten Pflege, sodass mein Chéri knapp um einen höchst gefährlichen Dekubitus herumkam. Bei den ersten Aufenthalten in der Klinik hatten wir stets nach diesen Matratzen gefragt. Antwort: *«Das gibt es bei uns nicht!»*

Täglich war ich von 10–17 Uhr bei meinem Bubu, um sein Leiden möglichst zu lindern. Oft erhielten wir auch Besuche von treuen Freunden, die die Zeit verkürzten und an unserem Schicksal teilnahmen. Das war für uns eine sehr wertvolle Unterstützung, für die wir heute noch dankbar sind. Aber langsam fühlte ich mich müde und ausgepowert von der täglichen Reiserei, aber vor allem von der Ungewissheit, wie das mit meinem Chéri noch ausgehen würde. Ich war zwar inzwischen ruhig geworden und hatte mein Gottvertrauen wieder gefunden, wie es im Psalm 23,4 beschrieben wird: *«Und muss ich auch durchs finstere Tal – ich fürchte kein Unheil! Du, HERR, bist ja bei mir; du schützt mich und du führst mich, das macht mir Mut.»* Trotzdem sehnten wir uns, gemeinsam wieder in unserem Zuhause zu sein.

Die Geschichte ist noch nicht zu Ende

Die Müdigkeit nahm zu, und eines Morgens erwachte ich mit einem komischen Gefühl im Bauch. Auf Anraten von Freunden entschied ich mich, den Hausarzt aufzusuchen, der mir um 8 Uhr morgens einen Termin gewährte. Er tippte auf eine Blinddarmentzündung und meldete mich sogleich in der Notfallaufnahme der Hirslandenklinik an. Martin, der Mann meiner lieben Freundin Anita, chauffierte mich nach Zürich. Eigentlich war ich nicht gross beunruhigt. Ich dachte, so ein

Blinddarm wäre schnell raus und dann könnte ich doch ein paar Tage bei meinem Hasen im Zimmer verbringen. Nach der Untersuchung schienen die Ärzte etwas beunruhigt und meldeten mich noch für eine Computer-Tomografie-Untersuchung an. Bis es so weit war, ging ich im Spitalnachthemd und mit dem Infusionsständer zu meinem Hasen ins Zimmer. Wir machten uns gegenseitig Mut. Dann riefen sie mich zur CT auf, wo ich nachher auf den Bescheid warten musste. Um 16 Uhr kamen die Ärzte und meinten staubtrocken: *«Ihr Bauch ist voller Krebs! Bitte gehen Sie jetzt aber mit dieser Nachricht ja nicht zu ihrem Mann, das täte ihm gar nicht gut.»* Und schon waren sie wieder weg, diese sensiblen Bauchspezialisten. Was jetzt? Genau in diesem Augenblick klingelte mein Handy, es war Lydia, unsere stellvertretende Hausärztin. Das Gespräch mit ihr lenkte mich ab und tat mir gut nach dieser «Ohrfeige»!

Entgegen dem Rat der Ärzte packte ich im Notfall meine Sachen und ging schnurstracks zu meinem Chéri. Gott hatte es so geführt, dass Nadine und Philippe, die Geschwister von Georges, gerade bei ihm waren. Irgendwie war es leichter, in der Gruppe über die Diagnose Bauch- und Leberkrebs und die eventuellen Folgen zu sprechen. Das Gespräch tat mir sehr gut. Da ich nur Halbprivat versichert bin, teilten sie mir ein Bett in einer anderen Abteilung als die von Georges zu. Ich denke, jedermann versteht, dass wir nun alle Hebel in Bewegung setzten, um unser Leid gemeinsam in einem Zimmer teilen zu können. Die verantwortlichen Ärzte waren gegen unseren Antrag. Sie sorgten sich darum, dass wir voneinander alles mitbekommen und dass dies für beide eine zusätzliche Belastung sei. Die hatten keine Ahnung, wie wir ticken. Wir waren immer eins, hatten keinerlei Geheimnisse voreinander und lebten nach dem Grundsatz, was mein ist, ist auch dein. Wir erinnerten uns an die Pflegefachfrau, die für die Einteilungs- und Personalplanung verantwortlich war. Ihre Nummer hatten wir noch und riefen sie an. Nach einer Viertelstunde war sie bei uns im Zimmer, hörte sich unsere Geschichte an und versprach ihr Bestes zu tun. Am Abend erhielten wir die gute Nachricht, dass wir ab morgen in ein schönes Zweierzimmer umziehen können.

Es war komisch, irgendwie ging mich dieser Krebs gar nichts an. Ich war einfach glücklich, bei meinem Chéri zu sein. Viele Untersuchungen standen mir noch bevor.

Am Sonntag sass ich im Zimmer am Tisch und beobachtete die Pflege von meinem Georges. Die Maria war sehr resolut und zackig und schrubbte und wusch meinen Chéri so intensiv, dass er mir vorkam, als wäre er in einer Autowaschanlage. Bald lernten wir Maria näher kennen, und wir hatten es gut und lustig zusammen. Sie war kräftig, und mit ihrer Hilfe flog Georges das erste Mal seit langem wieder in den Rollstuhl. Ich staunte und überlegte mir, was unsere vielen Freunde sagen würden, wenn sie das sähen. Als er wieder zum ersten Mal nach langer Zeit in seinem Rollstuhl sass, schrieb ich voller Freude per Handy an meine Freundinnen und Freunde:

«Halleluja, mein Hase hockt wieder im Rollstuhl!»

Meine Operation

Am Montag kam der Professor, der Georges operiert hatte, zurück von seinen Ferien. Er machte grosse Augen und fädelte alles ein für meine Operation, die am Freitag bevorstand. In den Tagen vor dieser Operation konnte ich mich erholen, und mein Chéri kam wieder zu neuen Lebensgeistern. Wir genossen auch die zahlreichen Besuche und die vielen Zusprüche per Smartphones. Am Freitag wurde ich um 14 Uhr in den OP-Raum gerollt. Ich war getrost und hatte keine Angst. Ich wusste, dass mein Georges im Zimmer auf mich wartete. Um 18 Uhr kam ich in das Aufwachzimmer, und schon bald stand ein Pfleger neben mir und setzte mich auf. Alles verlief erstaunlich gut und ohne Schmerzen. Ich hatte noch die Schmerzpumpe im Rückenmark, die den Bauchraum betäubte. Am Samstagmorgen rollten sie mich wieder zu meinem Chéri ins Zimmer. Das war schön! Als plötzlich die Dekubitismatratze platzte und wir auf den Ersatz warten mussten, packte Maria meinen Chéri und legte ihn in mein Bett. Wir bemühten uns beide, wieder zu Kräften zu kommen, denn unser Wunsch war, so schnell wie möglich nach Hause zu kommen. Aber mir ging es etwa drei Tage nicht so rosig. Ich hatte Schmerzen, zwar zum Aushalten, aber die Übelkeit machte mir zu schaffen, und ich hatte null Appetit. Etwa ab Donnerstag funktionierte aber auch Essen, Trinken und Verdauen wieder einigermassen. Dann erholte ich mich relativ schnell, spazierte im Zimmer rum und bediente meinen Hasen, so gut ich konnte. Wir waren glücklich, uns gemeinsam zu erholen,

Besuche zu empfangen und mit den Pflegenden eine gute Zeit zu erleben. Eigentlich fühlten wir uns nun fast wie im Hotel. Aber Georges hatte sich innerlich ein Ziel gesetzt, er wollte am *Freitag, 7. März 2014*, seinen Geburtstag zu Hause feiern. Dieser Wunsch wurde erhört, und um 11 Uhr holte uns Eric Zürcher, ein Freund von der IVCG, ab. Nach insgesamt sechs Wochen Spitalaufenthalt, davon etwa zweieinhalb Wochen gemeinsam, verabschiedete sich der Professor, der uns beide operiert hatte, mit einem Wort: *«Unglaublich!»*. Auch der Abschied von Maria, der ich am Anfang mit Skepsis begegnet war, die wir aber inzwischen näher und auch privat kennengelernt hatten, rührte mich fast zu Tränen. Vielleicht waren wir auch nicht immer die angenehmsten Patienten, weil wir uns selber schon viel Wissen und Praxis in diversen Gebieten angeeignet hatten. Wir möchten insbesondere Maria, aber auch den vielen Ärzten und Pflegenden hier ein herzliches Dankeschön aussprechen!

Wieder im trauten Heim

So kamen wir nach Hause, wo Anita und Martin uns mit einem guten Mittagessen erwarteten. Ich hatte mir Kalbsbratwurst mit Kartoffeln und Spinat gewünscht. Auch mein Chéri genoss das Essen. Im Hirslanden hatten wir beide Mühe damit. Es waren so exotische Menüs und oft nicht geeignet für Patienten mit Bauchproblemen. Der Kartoffelstock war entweder versalzen oder ganz fad. Wir wären mit guter Hausmannskost zufrieden gewesen und hätten gerne auf den exklusiven Schnickschnack verzichtet. Auch unser Baschi, der super von Anita und Martin betreut worden war, freute sich riesig, dass wir wieder beieinander waren. Tiere reagieren sehr sensibel in solchen Situationen. Kaum im Haus begann der übliche Alltagsärger, weil der Treppenlift nicht lief und die Batterie von Georges' Auto den Geist aufgegeben hatte. Georges und Eric kümmerten sich darum. Es sah fast so aus, als würden sie sich über diese Probleme freuen, um sie lösen zu können. Viele Bekannte und Freunde boten uns danach Hilfe an. Die grossen Lebensmitteleinkäufe erledigte eine nette Nachbarin. Und schon am Dienstag – am vorhergehenden Freitag erst entlassen – versuchte ich, meinen Hasen ins Auto zu hieven, um gemeinsam im Migrosmarkt einkaufen zu können. Wir schafften es und genossen zuerst einen Kaffee mit Gipfel im Migros-Restaurant, so wie in alten Zeiten. So waren wir wieder vogelfrei und selbstständig. Auch begannen wir wieder mit den Spaziergängen mit Baschi.

Meine Chemotherapien

Schon am Mittwoch sassen wir im See-Spital Horgen in der Onkologie, die wir von Georges' Krebsbehandlungen her kannten. Wir wollten so schnell wie möglich mit der Chemotherapie beginnen. Bereits am Freitag war es soweit. Nur eine Woche, nachdem sie mir in der Klinik Hirslanden ein rechtes Stück Dickdarm sowie die Milz und die Eierstöcke (von dort kamen die Krebszellen) und die Eileiter entfernt hatten. Auch im Bauchfell mussten sie befallene Stellen rausschneiden. Bei der Metastase der Leber konnten sie nichts wegschneiden, weil es zu gefährlich war. Der Krebs befand sich in der Mitte, wo die grosse Vene und die Gallengänge waren. So musste ich eine längere Chemotherapie über mich ergehen lassen.

Ich sah es positiv, auch weil ich mich an eine Predigt von unserem Pastor René Christen erinnerte. Er hatte von seiner eigenen Chemotherapie berichtet und gemeint, viele Leute glauben, dass die Chemo ein schreckliches Gift sei. *«Aber, wenn ich das schon haben muss, ist es viel besser zu denken, das ist eine Salbe, die mir guttut.»* So ging ich jede Woche mit diesen Gedanken in die Chemo und dachte, ich gehe jetzt einfach *dort* einen Kaffee trinken und einen Gipfel essen als anderswo. Die Behandlungen dauerten in der Regel etwa 3 Stunden. Mit einem Helm auf dem Kopf, der mir den Kopf gut kühlte, damit die Kopfhaut nicht zu stark durchblutet wurde, um den Haarausfall zu vermeiden. Zum Schluss hatte ich das Gefühl von einem sehr kühlen Kopf (es heisst ja, «man soll einen kühlen Kopf bewahren»). Später wurde mir oft komisch mit einem "Kotzikotzi-Gefühl", aber erbrechen musste ich zum Glück nie. Eine Nebenwirkung war, dass mir nicht mehr alles schmeckte, und auch mit dem Trinken hatte ich Mühe. Natürlich war ich froh, dass ich auf die Chemo gut ansprach und der Krebs immer kleiner wurde.

Jetzt auch noch meine Freundin Anita!

Ende April 2014 durften wir wieder in unsere «Motte» fahren. Uns kam es vor wie im Traum, denn wir hatten kaum mehr damit gerechnet, unser Paradies auf Erden nochmals zu sehen. Doch etwas, das wir nicht begreifen konnten, machte uns das Herz so richtig schwer. Unsere Anita, meine beste Freundin, die uns immer wieder so beigestanden ist, Haus, Garten, Hund und meine Seele aufopfernd gepflegt hatte, erhielt in dieser Woche Bescheid, dass sie Dickdarmkrebs habe. Wir waren völlig fassungslos und geschockt und hatten keine Ahnung, was das nun soll! Wir entschlossen uns, unser Vertrauen dennoch weiterhin auf unseren Gott, der schon so oft geholfen hat, zu setzen. Wir erinnerten uns an Gottes Wort, das sagt, wir sollen all unsere Sorgen auf Christus werfen, der für uns sorgt! So beteten wir ab sofort für drei kranke Bäuche. ER weiss ja, dass wir noch gerne leben würden! Martin braucht seine Anita, ich brauche meinen Chéri und er braucht schlussendlich auch mich. Und wir alle zusammen brauchen auf jeden Fall unseren Herrn Jesus Christus.

Wieder zu Hause, konnten Anita und ich bei den täglichen Spaziergängen mit Baschi auf dem Horgenberg unsere seelischen und medizinischen Probleme miteinander bereden. Wir durften einander alles erzählen, viel Gutes und auch weniger Gutes, geteiltes Leid ist halbes Leid. Das ging zwei Jahre so weiter, wir lachten oft miteinander, waren fröhlich und zufrieden in der Gewissheit, dass Jesus Christus mit uns ist. Wir wollten nicht, dass die Leute zu viel fragten, wir wollten leben wie immer, natürlich, zufrieden und dankbar. Aber viele Fragen blieben auch unbeantwortet. Trotzdem schenkte uns Gott seinen Frieden in allem. Für uns beide war das gemeinsame Durchstehen dieser schwierigen Situation etwas besonders Schönes und vertiefte unsere kostbare Freundschaft. Von Anita durfte ich sehr viel lernen. Sie war immer zufrieden mit dem, was sie hatte, wenn es auch nicht viel war. In der Natur zeigte sie mir viele wundervolle Sachen, die ich ohne sie nie entdeckt hätte. Sie hatte diese Gabe, Gott auch in seiner Schöpfung zu sehen und immer wieder neu zu entdecken.

Im Juli 2016 kam der Zeitpunkt, wo Gott sie auf eine gnädige Art heimholte. Anita durfte in den Armen ihres geliebten Martin friedlich einschlafen. Das Beste ist zu wissen, dass wir uns in der Ewigkeit wieder sehen werden. Ich freue mich darauf!

Obwohl das *Jahr 2014* für uns ein *Annus horribilis* war, blickten wir in unserem Neujahrsschreiben insgesamt positiv zurück, aber auch nach vorne. Mir war in diesen schweren Momenten, als wir beide zusammen im Spital lagen und nicht wussten, wer wann von uns in die Ewigkeit gehen würde, ein Bibelvers aus Psalm 16,11 zur festen Stütze geworden:

«Du führst mich den Weg zum Leben. In deiner Nähe finde ich ungetrübte Freude; aus deiner Hand kommt mir ewiges Glück.»

In diesem Neujahrsschreiben hielt ich fest: *«Zwischen Zuversicht und Sorgen – in der Mitte irgendwo – fühle ich mich doch geborgen bei Dir, Vater, und ich bin froh.»*

Das *Jahr 2015* verlief ohne grössere Komplikationen. Natürlich mussten wir beide regelmässig in die Onkologie zur Überwachung unserer Blutwerte und Tumormarker. Und Georges hatte immer wieder mal eine Urininfektion, gegen die er wieder Antibiotika einnehmen musste.

Anfangs 2016 musste ich wieder zu einer MRI und einem mikroinvasiven Second-Look im Bauchraum zu unserem Professor ins Hirslanden nach Zürich. Da der Bauchraum sehr gut aussah, machte er den Vorschlag, den krebsbefallenen linken Leberlappen wegzuschneiden, der könnte dann wieder nachwachsen. Nach mühsamem Expertenstreit zwischen Chirurgen und Onkologen, entschlossen wir uns, diesen Eingriff nach dem Aufenthalt in der Grande Motte vornehmen zu lassen.

Nach unserer Rückkehr von Frankreich wurde ich am *4. Juli 2016* erneut operiert. Zuversichtlich wie immer, hoffte ich, dass ich so schnell wie möglich wieder bei meinem Chéri sein könnte. Diesmal kam es anders. Es war wieder eine grössere Operation, bei der zum Schluss der Bauchraum auf 42 Grad Celsius aufgeheizt und mit einem Chemomittel gefüllt wurde. Von da an war es mir einfach nur noch schlecht. Nach zwei Tagen wurden meine Nierenwerte immer schlechter, beide Nieren streikten. Die Giftstoffe in meinem Körper stiegen täglich an. Auch dem Chirurgen wurde es wind und weh, und er war zunehmend ratlos. Einerseits beteten wir, dass die Nieren ihre Funktion wieder übernehmen, andrerseits wollten wir die schwierige Situation in Seine gütige Hand legen und weiter vertrauen.

In dieser Lage erinnerte ich mich, wie Jesus gelitten haben musste für mich und die Menschheit. Gleichzeitig begann ich erstmals in meinem Leben auch zu zweifeln, ob ich mir dies alles nur eingebildet hatte. Ich betete dafür, dass mein Unglaube nicht wachse und hielt mich fest am 1. Vers aus Psalm 23:

«Der Herr ist mein Hirte.» An die nächsten Verse vom frischen Wasser und der grünen Aue konnte ich in diesen Momenten nicht mehr glauben. Und mit der alten Übersetzung *«ER erquicket meine Seele»* konnte ich überhaupt nichts anfangen. Im Gegenteil: Mir kam es vor, als wäre meine Seele nackt, geschält und leidend. Wusste aber gleichzeitig, dass nur Jesus Christus mir helfen kann.

Nach dieser Nacht mit viel Leid und Tränen telefonierte ich am Morgen mit Georges und konnte ihm all meine Gedanken anvertrauen. Kurz nach diesem Anruf tauchte Dave vom «Prisma» an meinem Bett auf. Dass wir zusammen beten konnten, tat mir gut. Und seinen Rat, wie Paulus sagt, alles zu vergessen, was dahinten ist und nur nach vorne zu schauen, versuchte ich umzusetzen.

Auch die nächsten Besuche von lieben Freunden waren sehr hilfreich, man konnte seine Gefühle und Gedanken, aber auch seine Zweifel teilen. Darunter waren auch Leute, die wir vor 40 Jahren im Jugendkeller in Horgen kennengelernt, seither aber kaum mehr gesehen hatten. Das war schön. Nach 10 Tagen wurde ich aus der Hirslandenklinik entlassen.

Der nächste Hammer: Dialyse!

Die Ärzte hofften immer noch, dass meine Nieren ihre Funktion wieder aufnehmen würden. Sie meinten es gut, aber dadurch liessen sie mich sehr lange leiden. Erst *Ende Juli* wurde auf Drängen von unserer Hausärztin entschieden, dass ich mich aufs Dringendste einer Dialyse unterziehen müsse, weil die Nierenwerte immer bedrohlicher wurden und eine Vergiftung mit verheerenden Folgen drohte. Sie überwies mich an einen Nephrologen in der «Klinik Im Park». Der Arzt stellte fest, dass es Matthäi am Letzten sei für eine Dialyse. Am Nachmittag organisierte der Arzt eine OP für den Einbau eines Venenkatheters, und am Abend um 19 Uhr wurde der im See-Spital Horgen eingepflanzt. Die Nacht über blieb ich im Spital, und anderntags wurde ich zum ersten Mal an eine Dialysemaschine angehängt, gleich für 4 Stunden. Von nun an müsse ich dreimal die Woche für dieses Prozedere vorbeikommen. Schöne Aussichten! Der Anblick des Dialyseraums war sehr ernüchternd. Da lagen 10–12 Personen in einem engen Raum, ohne jegliches Tageslicht für Stunden nebeneinander. Dann das Geräusch der Geräte, ich kam mir vor wie in einem grossen Waschsalon. Dorthin sollte ich nun dreimal die Woche gehen. Kein Halleluja!

Heute ist Samstag, 20. August 2016, wieder liege ich für 4 Stunden im Dialyseraum. Vor 5 Wochen konnte ich mir noch gar nicht vorstellen, dass unser Vater im Himmel das alles auch noch zulässt. Hatten wir beide nicht schon genug Leid erlebt in den letzten Jahren? Trotz unserer Einschränkungen hatten wir nie geklagt.

Wieso soll noch eine weitere, sehr einschneidende dazu kommen? Ich schrie zu IHM und bat IHN, diesen Kelch an uns vorübergehen zu lassen. Ich möchte diese fünf Wochen mit dreimal wöchentlich nach Zürich fahren und jeweils für 4 Stunden in diesem «Gefängnis» zu liegen nicht weiter haben müssen. Und danach war es mir jeweils richtig mies zumute. Geholfen hatte mir einzig, dass ich ein iPhone bei mir hatte, über das ich Lobpreismusik und das Wort Gottes hören konnte. Oder dass mir jemand wieder mal ein Trostwort per SMS oder WhatsApp zukommen liess, zum Beispiel mit einem Vers wie: *«Im Ja zum Willen Gottes verliert das Leiden seine Macht.»* Im Moment tut das gut, dann aber fragt man sich, was ist sein Wille, was hat ER vor mit mir, mit uns?

Dienstag, 23. August 2016. Täglich hatten wir gehofft, dass die Nierenwerte sich so erholen, dass man mit der Dialyse aufhören könnte und dass diese zusätzliche Plagerei ein Ende fände. Aber heute eröffnete mir der Dialysearzt: *«Leider gehe ich eher von einer chronischen Notwendigkeit der Dialysebehandlung aus.»* Das war nicht der erhoffte Aufsteller! Eher ein Hammer ins Genick nach dem Motto: «Immer auf die Kleinen und immer auf den Kopf!» Das tat richtig weh! Ich zog mir per iPhone eine Predigt von Reto Pelli rein, um meine Gedanken abzulenken. Thema: *«Gerufen, geformt, geliebt!»* Ich überlegte: Vor mehr als 40 Jahren hat mich Jesus Christus gerufen, er hat mich auch immer wieder geformt und was nun? Wo bleibt seine Liebe? Momentan Funkstille! Dann werde ich zum MRI geholt, nachher zur Dialyse gebracht. Ich hatte wenig Besuch während meinen jeweils 4-stündigen Dialysesitzungen, der Raum war ja auch völlig ungeeignet, zu laut und zu eng. Man konnte kaum sprechen miteinander, so laut war es. Aber an diesem Nachmittag besuchte mich meine Freundin Bea, und wir konnten 1–2 Stunden reden, was mir gut tat und die lange Zeit verkürzte. Jemand schickte mir einen Spruch von Oswald Chambers:

«Alles, was jetzt noch dunkel und unverständlich ist, wird eines Tages ganz klar, herrlich und strahlend.»

Möge dieser Tag bald kommen!

Ein erster Lichtblick

Bis *Ende November 2016* musste ich nun wöchentlich dreimal nach Zürich fahren zur Dialyse. Man könnte meinen, man gewöhne sich daran, dreimal vier Stunden in einem Kellerloch an diese «Waschmaschinen» angeschlossen zu sein. Gemäss dem Spruch von Chambers war es in dieser Zeit doch eher dunkel in mir. Dann zeigte sich ein erster Lichtstreifen am Horizont. Wir erfuhren, dass im See-Spital Horgen ganz neu auch Dialyse angeboten werde. Sofort meldeten wir uns an, und gerne nahmen sie mich als eine der ersten Patientinnen auf. Damit entfiel nicht nur der mühsame Fahrweg nach Zürich und das Parkplatzproblem, ich erfreute mich nun an einem modernen Dialyseraum mit schöner Seesicht. Und hier konnte man auch eher Besuche empfangen. Der nette Leiter des Zentrums erzählte uns dann von der Möglichkeit, sogar zu Hause die Dialyse vornehmen zu können, falls genügend Platz vorhanden sei und jemand die Durchführung übernehmen könne. Das musste man uns nicht zweimal erklären.

Schon *Ende Januar 2017* wurde die Maschine in unserem grossen Schlafzimmer montiert. In der Waschküche wurden die Geräte zur Wasseraufbereitung und andere installiert. Von dort bohrten sie für die Wasserschläuche Löcher hinauf in unser Schlafzimmer. Die riesigen Mengen an NaCl-Flüssigkeit und anderem Material wurde in der Sauna verstaut. Im ersten Monat war ein deutsches Ehepaar mit dabei. Detlef und Petra hatten die Aufgabe, uns und vor allem meinem Hasen alles fachgerecht beizubringen. Mir war das Ganze zu kompliziert, aber Georges interessierte das System sehr und er legte sich mächtig ins Zeug. Bald war nur noch Detlef dabei, der immer gerne mit uns ein Glas Wein genoss.

Nach einiger Zeit übernahm mein Chéri das Kommando über unseren «Fridolin», wie wir unseren neuen Zimmergenossen nannten. Für Georges war und ist dies eine sehr anspruchsvolle Aufgabe mit grosser Verantwortung, die er aber gerne wahrnimmt. So können wir die Dialysestunden zu dritt – Baschi ist auch dabei – verbringen. Georges mit der Fernbedienung für die Überwachung, ich am Lesen oder neuerdings auch am Schreiben von Memoiren, oder mit Musik und Predigten. Eine völlig andere Qualität! Und mit Chambers würde ich sagen, es ist nicht mehr gar so dunkel, es wird langsam klar, wenn auch noch nicht herrlich und strahlend.

Nun schien es uns gesundheitlich wieder möglich, nach vielen Monaten doch noch in unsere geliebte La Grande Motte zu fahren. Wir vermissten dort viele Freunde, das Meer und Georges die Wärme. Er hatte einige Male mit dem Spital in Montpellier telefoniert und Vorabklärungen bezüglich Dialysemöglichkeiten getroffen. Die empfahlen uns, mit dem Spital in Lunel, etwa 30 Minuten entfernt, Kontakt aufzunehmen. Zuversichtlich packten wir wie immer am Samstag, *anfangs April 2017*, unser Auto, um am Sonntag früh fahren zu können. Die Freude war gross, nach langer Zeit wieder mal in unserer kleinen «Villa» anzukommen. Alles war uns so vertraut.

Am Montagnachmittag waren wir zum vereinbarten Zeitpunkt im Spital in Lunel. Eine gewisse Anspannung, wie das hier laufen würde, war bei uns spürbar. Nach langem Warten kam jemand und stellte fest, dass sie hier keine Dialyse mit meinem Kathetersystem machen können. Sie hätten eine andere Methode. Was nun? Nach einigen Rücksprachen meinten sie, dass sie es nun doch versuchen würden. Die zuständige Pflegefachfrau schien aber frustriert und gestresst. Ein schöner Empfang, der unsere Stimmung nicht gerade anhob. Letztendlich brachte sie die Dialyse aber zum Laufen. Sie hatte mir noch Blut genommen und dieses per Expresskurier nach Montpellier schicken lassen. Nach 2–3 Stunden erhielten sie das Resultat, und Marie Noël, die Pflegefachfrau, eröffnete mir, dass sie mich nicht gehen lassen könne, da der Hämoglobinwert viel zu tief sei. Ich verstand die Welt nicht mehr, war nun selber recht gestresst. Aber ein kurzes Stossgebet brachte ich noch über die Lippen. Sie nahmen erneut Blut, und nach einer Stunde kam das Resultat. Jetzt sei der Wert doppelt so hoch als nach der ersten Messung, also könne ich doch nach Hause. Das rief wieder mal ein Halleluja hervor.

Am Mittwoch sagten sie mir, sie müssten mich aus Sterilitätsgründen in einer separaten Box dialysieren. Für eine wie mich, die gern unter Leuten ist, wieder eine Hiobsbotschaft. Aber du hast keine Wahl. Also rein in die Box, die zum Glück ein kleines Fenster hatte. Durch die offene Türe konnte ich wenigstens in den Saal mit den andern Patienten blicken. Diesmal war eine sehr nette Ärztin zuständig, was mir half, die vier langen Stunden zu überstehen. Auf meinem iPad begann ich, meine Gedanken festzuhalten, nicht zuletzt, um die Zeit zu verkürzen.

Ja, ich musste immer wieder Neues lernen. In allen Lagen geduldig zu bleiben und auch dankbar zu sein, dass man heute überhaupt die Möglichkeit hat, bei Nierenversagen ein Blutreinigungsverfahren durchzuführen und dadurch zu überleben. So machte ich mich die nächsten drei Wochen, wenn auch mit wenig Begeisterung, immer wieder dreimal wöchentlich auf nach Lunel. Das Schöne daran war aber, dass mich Alain, unser Hundetrainer, oft auf seinem schicken Motorrad hin und her chauffierte.

Georges hatte alles hautnah mitbekommen und meine Enttäuschungen mit mir geteilt. So packte er mit voller Energie die nächste Erleichterung für mich an. Er erkundigte sich, ob eine Heimdialyse auch in unserer Ferienwohnung in Frankreich möglich wäre. Und er hatte, wie fast immer, Erfolg. So wurde im *März 2018* in unserer kleinen Villa in der Motte ein «kleiner Fridolin» installiert. Der funktionierte anders als der zu Hause, so musste Georges alles wieder neu lernen. Da diese Maschine kleiner ist, musste ich jetzt fünfmal wöchentlich 2–3 Stunden dialysieren, dafür im Kreise meiner Lieben.

Für die Ausbildung an der neuen Maschine mussten wir für ein bis zwei Wochen nach Montpellier. Aber schon bald erlebten wir einen grossen Frust, die Klinik-Maschine streikte und wollte zeitweise einfach nicht. Das war für uns beide Stress pur. So musste ich am *Montag, 5. März*, wieder notfallmässig nach Lunel fahren. Mein Hase blieb nicht untätig, telefonierte hin und her mit dem Spital in Montpellier. Die versprachen, eine neue Maschine zu liefern.

Samstag, 10. März 2018, ich sitze auf dem Sofa, angeschlossen am «kleinen Fridolin» und tippe einige Gedanken in mein iPad. Ich versuche, meine Vergangenheit und unser Leben aufzuarbeiten und zu ordnen, was gar nicht so einfach ist. Und plötzlich wird mir bewusst, dass ich die Dialyse nicht einfach als eine lästige Notwendigkeit betrachten muss, sondern auch als Chance. Der Apostel Paulus hatte vermutlich doch recht, als er in

Römer 8,28 schrieb: «*Was auch geschieht, das eine wissen wir: Für die, die Gott lieben, muss alles zu ihrem Heil dienen…*» Auch die Dialyse, die mir hilft noch zu leben, und die mir die nötige Zeit gibt, über mein Leben nachzudenken. Ohne Dialyse hätte ich mich vermutlich nie aufgerafft, unser Leben zu beschreiben, verbunden mit einem grossen Dank an unseren Vater im Himmel, der so gut für uns gesorgt hat und es immer noch tut. Meine Gedanken werden unterbrochen durch einen lieben Besuch. Es ist unser pensionierter Hausarzt aus Horgen, der mit seiner Frau «mein Studiöli» benutzen darf. Eine wunderschöne Abwechslung!

Zu Hause meldet sich neues Ungemach

Mittwoch, 4. April 2018. Seit 16 Tagen sind wir wieder in Horgen. Es beginnt ja gut. Kaum zu Hause, meldet sich bei Georges ein happiger Urininfekt. Dank Unterstützung durch unsere neue Hausärztin konnten wir die Antibiotikainfusionen daheim durchführen. Es besserte rasch, und am Karfreitag konnten wir die Therapie beenden. So freuten wir uns, am Dienstagabend wieder einmal an einer Gebetsstunde im «Prisma» dabei sein zu können. Am Nachmittag begann mein Chéri aber zu frösteln und hatte schnell wieder Fieber. Zusammen mit der Hausärztin wurde entschieden, dass Georges ins See-Spital muss. Alles andere wäre zu riskant gewesen. Um 18 Uhr abends meldeten wir uns in der Notfallaufnahme. Dort durchlief mein Hase wieder die nötigen Untersuchungen, dann wurde er in ein Zimmer im 3.

Stock verlegt. Ein Zimmer mit schönster See- und Bergsicht. Ist in solchen Momenten nicht von Bedeutung, man nimmt es trotzdem gerne. Ich fuhr mit Baschi nach Hause, ging um 21 Uhr nochmals zu Georges und half ihm bei der üblichen Nachtpflege. Schweren Herzens verliess ich ihn und sank um 22.30 Uhr müde und traurig ins Bett.

Da mein Coach und Pfleger nun selber im Spital war, musste ich mich wieder im See-Spital für meine Dialyse anmelden. Da liege ich 3 Stunden im 1. Stock, auch mit schöner Sicht, und mein Hase im 3. Stock. Nach der Dialyse kann ich nur schnell zu ihm, weil Baschi die ganze Zeit brav im Auto in der Parkgarage gewartet hatte. Der brauchte Essen und Bewegung! Vor lauter Stress und Kummer konnte ich fast nicht einschlafen, und dann plagte mich auch noch das Dialysekopfweh. Morgens um 9 Uhr holte ich Georges im Spital wieder ab, damit er zu Hause aufs WC und mich nachher dialysieren konnte. Nach dem Liegen reichte es noch für einen kurzen Spaziergang zu dritt. Auf 16 Uhr brachte ich ihn wieder ins Spital zur Infusion, wo er nochmals eine Nacht verbringen musste.

Am Freitag holte ich meinen Chéri nach seiner Infusion wieder nach Hause. Er führte die Dialyse durch, die ich doch lieber in unseren vier Wänden machte. Zum Mittagessen kam Nadine, die Schwester von Georges, und auf 15 Uhr musste ich ihn wieder ins Spital bringen. Mir wurde nicht langweilig, ich funktionierte einfach. Der verantwortliche Arzt eröffnete uns drei Varianten für das weitere Vorgehen: 1. Für weitere 10 Tage die Infusion im Spital machen. 2. Die Infusion dreimal täglich auf eigene Verantwortung zu Hause durchzuführen oder 3. Ein anderes Antibiotikamittel einmal pro Tag zu spritzen. Variante 1 kam für uns sowieso nicht infrage und Variante 3 wurde als letzte Möglichkeit für spätere Infektionen in Reserve gehalten. Nach 17 Uhr fuhren wir mit den Infusionsmitteln wieder nach Hause.

Obwohl ich versuchte, unsere Situation positiv zu sehen, gab es immer wieder Momente der Verzweiflung und der Frage nach dem Warum und dem Wozu. Bei meinen Erholungsspaziergängen setzte ich mich oft auf eine Bank, nahm mein iPhone und sprach meine Gedanken und Fragen ins Mikrofon. Letzthin bin ich zufällig auf eine der Aufnahmen gestossen, die ich hier im original Baslerdeutsch wiedergeben möchte. Ich sprach unter Tränen:

«Ich bin jetzt eifach efange so müed. Ich han's Gfühl, ich mag nüme. Und Zueversicht isch gschwunde, und es isch eifach en Angscht da, wänn bekömemer s'Nächscht uf de Deckel. Und müend kämpfe und kämpfe zum Wiitermache. Heiland, bitte hilf! Ich wett so gärn nochli frisch und fröhlich dörfe wiiterläbe, au mit de ville Iischränkige, wo mer im Prinzip scho händ.»

Das «Nächste auf den Deckel» liess nicht lange auf sich warten!

Das Zuckertütchen – Trost aus Gottes Wort

Am Sonntagmorgen beim Spaziergang auf dem Horgenberg ertappte ich mich dabei, wie meine Gedanken

140

wieder nur um unsere Probleme kreisen. Schon hatte ich wieder vergessen, dass es in der Bibel heisst, wir sollen unsere Sorgen bei Christus abgeben. So schnell nahmen mich die Sorgen wieder gefangen, das erschreckte mich, und es überkam mich auch eine Angst für unsere Zukunft. Zufällig fand ich in meiner Tasche ein Zuckertütchen mit einem Bibelvers, das wir letzthin in einem Restaurant mitgenommen hatten. Was lese ich da? *«Der HERR wird für euch kämpfen, ihr aber sollt stille sein.»* Nun wusste ich wieder, was ich zu tun hatte. Leider ist Stillesein gar nicht meine Stärke. Ich glaube, ich bin auch hyperaktiv, so wie es mein Chéri in seiner Jugend war. Bei mir muss immer etwas laufen. Nur während der Dialyse kann ich nicht weglaufen. Nach dem Lesen dieses unerwarteten Zuspruchs ging es mir wieder besser.

Die 10 Tage mit dreimal täglicher Infusion verliefen auch nicht reibungslos und waren oft stressig. Besonders, wenn der Venflon (der Venenkatheter) die Flüssigkeit nicht genügend durchliess. Etliche Venen wurden zu fest strapaziert und funktionierten nicht mehr. In solchen Situationen beteten wir jeweils kurz und hofften auf Hilfe von oben. Meistens half es, aber bei mir gab es immer wieder Momente des Zweifelns, wie es weitergehen würde, und oft flossen auch Tränen. Von Natur aus bin ich eine Frohnatur, und ich sagte meinem Gott, ich möchte wieder fröhlich und unverzagt sein. Darum hielt ich mich wieder an das Wort in 2. Timotheus 1,7:

«Denn Gott hat uns nicht gegeben den Geist der Furcht, sondern der Kraft und der Liebe und der Besonnenheit.»

Besonnenheit heisst gemäss Wörterbuch nebst Gelassenheit, Ruhe, Vernünftigkeit auch Diszipliniertheit. Ja, unser Leben verlangte von uns immer sehr viel Disziplin in vielerlei Hinsicht, und das wird auch noch so bleiben.

«Unser Leben währet 70 Jahre ...»

Dann wurde mir wieder bewusst, dass wir beide doch so viel Grund zur Dankbarkeit haben, vor allem auch, dass wir trotz aller Schwierigkeiten noch so eng beieinander sein dürfen. Wenn man sich im 70. Lebensjahr befindet, ist dies keine Selbstverständlichkeit! Gemäss Psalm 90,10 habe ich das biblische Alter erreicht. Der Psalmist hat das im guten alten Luther-Deutsch so beschrieben:

«Unser Leben währet siebzig Jahre, und wenn's hoch kommt, so sind's achtzig Jahre, und was daran köstlich scheint, ist doch nur vergebliche Mühe; denn es fähret schnell dahin, als flögen wir davon.»

Und noch etwas ganz Zentrales steht im Vers 12 des gleichen Psalmes:

«Lehre uns bedenken, dass wir sterben müssen, auf dass wir klug werden.»

Ja, unser Leben war köstlich und wir durften es geniessen, wenn auch viel Mühe und Arbeit dabei war. Aber die Freude überwog bei Weitem! Doch wir sind uns bewusst, dass es schnell dahingeht, als flögen wir davon. Und schon länger arbeiten wir daran, klug zu werden, weil wir wissen, dass wir, so wie alle Menschen eines Tages sterben müssen. Aber davor habe ich keine Angst, weil ich an das Wort von Jesus zu Maria in Johannes 11,25/26 glaube:

«*Ich bin die Auferstehung und das Leben. Wer mich annimmt, wird leben, auch wenn er stirbt, und wer lebt und sich auf mich verlässt, wird niemals sterben, in Ewigkeit nicht. Glaubst du mir das?*»

Vor dem Sterben habe ich keine Angst, aber meinen geliebten Chéri allein zurückzulassen, dieser Gedanke beschäftigt mich schon. Im letzten Kapitel möchte ich nochmals eine kurze Bilanz ziehen über unser Leben, aber auch vertrauensvoll in die Zukunft schauen.

Kapitel 9
Rückspiegel und Scheinwerfer

Das Leben im Rückspiegel – die schönen Seiten

Wenn ich in den Lebensrückspiegel schaue und überlege, was die schönsten und wichtigsten Momente, aber auch die traurigsten waren, sehe ich Folgendes: Das Beste, was mir passieren konnte, war Georges und seine Familie kennenlernen zu dürfen. Die erste Begegnung mit diesem aufgestellten Jüngling in der Physio wird mir immer in Erinnerung bleiben. Und dann zu erleben, wie er, aber auch seine Familie mit diesem tragischen Unfall umging, beeindruckte mich ausserordentlich. Bei der Maman von Georges spürte man sofort ihren tiefen Glauben, den sie von ihrer Kindheit mit ins Engadin und in die Familie gebracht hatte. Sie sprach nicht so oft darüber, aber sie lebte diesen im Alltag. Auffälligstes Merkmal war ihr unverwüstlicher Humor, den sie trotz des verhaltensoriginellen Georgeli nie verloren hatte. Sie hielt die Familie zusammen und war der Dreh- und Angelpunkt. La Maman und Georges waren sich sehr ähnlich. Sie waren intelligent genug, um sich selber nicht allzu wichtig zu nehmen. Das zeigt sich an folgendem Beispiel: Ein Feriengast fragte Maman einmal: *«Kennen Sie einen Dr. Kohler aus Zürich?»* Spontan sagte sie *«Nein!»*. Etwas später meinte sie: *«Sie meinen nicht etwa Georgeli, das ist mein Sohn?»* Selbst nach dem Tod von ihrem Mann Röbi, meinem geliebten Schwiegerpapa, verlor Maman nie den Mut und war immer positiv gestimmt. Ihre Lebenseinstellung bis zu ihrem letzten Atemzug am ers-

ten Mai 2011 war für mich auch in unserer Leidenszeit stets ein leuchtendes Beispiel.

Und mein Hase war immer ein grosses Vorbild für mich, ich durfte so viel lernen von ihm. Bei auftauchenden Problemen war ich oft schnell am Anschlag und verzweifelt. *«Nein, das nicht auch noch!»*, schrie ich dann innerlich und manchmal auch nach aussen. Da kam mir mein ruhender Pol zu Hilfe. *«Gibt's ein Problem? Dann lösen wir das!»* Mit dieser Gelassenheit und dem Gottvertrauen, das er von der Mutter geerbt hatte, beruhigte er fast jede Situation. Mit der Zeit wurde ich immer ruhiger und lernte selber, mehr zu vertrauen.

Unsere beste Entscheidung

In Bezug auf meine Seele war unser gemeinsamer Entscheid, fortan unser Leben ganz unter die Führung von Gott und Jesus Christus zu stellen, das wichtigste Erlebnis. Die Ziele und Werte wurden völlig neu gesetzt. Nun waren nicht mehr Ansehen, Karriere oder Reichtum wichtig, sondern der Umgang in Liebe miteinander. Im Sinne, wie es Paulus im 1. Korintherbrief 13,13 schrieb: *«Nun aber bleiben Glaube, Hoffnung, Liebe, diese drei; aber die Liebe ist die größte unter ihnen.»* Von da an durften wir mit vielen Menschen unterwegs sein, die die gleichen Ziele hatten. Besonders auch in den letzten Jahren im «Prisma». Auch oder gerade für Christen gilt das Prinzip von «Lifelong-Learning». Dies gilt auch für Beziehungen. Die zwischen Georges und mir war immer mehr geprägt von dieser göttlichen Liebe. In einem kleinen Büchlein «*Wenn Liebe hält, was sie verspricht*» ist gut zusammengefasst, wie ich unsere Beziehung empfinde: «*In unserer speziellen Gemeinschaft entdeckte ich eine Schönheit, die mir sehr kostbar wurde. Ich lernte eine Liebe kennen, die voller und reicher ist als alles, was ich bis dahin erlebt hatte. Die Bedingungen, die uns in gegenseitige Abhängigkeit aneinanderfesselten, wurden zu einem Band, das unsere Herzen immer enger miteinander verknüpfen.*»

Etwas vom Schönsten finde ich, dass wir sowohl in körperlicher, als auch in geistiger und seelischer Hinsicht eins wurden. Es wurde für mich zu einem Symbol für die Beziehung, die Gott sich mit uns wünscht. Er möchte uns ständig in allen Dingen mit seiner Liebe beschenken und mit uns Gemeinschaft haben. Der Mensch ist von der Schöpfung her auf Beziehungen ausgelegt, und die wertvollste ist die zum Schöpfer selber. Wie schön, dass Christus uns beten lehrte: «*Unser Vater, der Du bist in dem Himmel…*» Wir dürfen eine Vater-Kind-Beziehung pflegen.

Rückblick von Sandro,
treuster Freund von Georges seit seiner Kindheit

Im diesem Abschnitt möchte ich Sandro, den Jugendfreund von Georges, zu Wort kommen lassen. Sie haben die Kindheit und grosse Teile der Schulzeit gemeinsam verbracht. Und Sandro hatte auch den Skiunfall von Georges aus der Nähe miterlebt. Er schreibt:
«*An die Primarschulzeit kann ich mich nicht mehr genau erinnern. Einzig eine Begebenheit sehe ich vor mir. Georges ver-*

fügte als einziger im Dorf über ein tief gelegtes Liegerad mit drei Rädern, das in Ruderbewegungen allein durch die Arme angetrieben wurde. Wie das Gerät genau hiess (evtl. Holländer) und vor allem, wie es zu bremsen war, weiss ich nicht mehr. Jedenfalls lag der Schulweg von Georges an einer abschüssigen Strasse. Wie so oft liess es Georges einfach den Weg runterkrachen, und irgendwie bremste er vor dem Schulhaus, bis auf das eine Mal, wo ihm dieses Manöver nicht gelang. Statt zu bremsen lenkte er das Gefährt nach rechts, wohl in der Hoffnung, es verliere an Geschwindigkeit, was natürlich nicht der Fall war. An der Gartenmauer des reformierten Pfarrhauses, welches an das Schulhaus angrenzte, war Schluss mit der rasanten Fahrt. Georges hob es unvermittelt aus dem Liegerad hoch und er wurde mit voller Wucht über die Mauer hinweg auf direktem Weg in den Garten des Pfarrhauses katapultiert. Ob Flurschaden entstanden ist und wie er die Sache geregelt hat, weiss ich nicht.

Schon während des Besuches des Gymnasiums Lyceum Alpinum Zuoz entwickelte sich zwischen Georges und mir eine immer engere Freundschaft, die bis heute andauert und mir in all diesen Jahren und Jahrzehnten sehr viel bedeutet hat und immer noch bedeutet. Georges war und ist immer noch ein Mensch von heiterer Wesensart mit viel Humor, lebensbejahend, gut gelaunt und immer zu Spässen aufgelegt, ein Mensch, dem der Schalk aus den Augen blitzt, einfach eine richtige Frohnatur. Die Begegnungen mit Georges – und mit seiner lieben Frau Susi genauso – sind immer wohltuend, man trifft sich gerne und verbringt gerne Zeit mit den Beiden.

Ganz stark ist für mich die Erinnerung an seine Unbeschwertheit während des Gymnasiums. Während ich mich Nachmittage lang mit den Hausaufgaben abmühte, war

Georges immer auf der Strasse beim Spielen anzutreffen. Aufgaben gab es für ihn wohl keine, das muss für ihn ein Fremdwort gewesen sein, und auch irgendwelche Schulprobleme kannte er nicht. Da wo ich mir den Kopf zerbrach, lief bei ihm alles wie am Schnürchen.

Gerne verbrachte ich meine Freizeit bei ihm zu Hause in dem schön gelegenen Haus an leichter Hanglage am Rande des Skiliftes von Pontresina. Im Untergeschoss hatte er voller Fantasie eine wunderbare Modelleisenbahn aufgebaut, mit allem drum und dran: Bergen, Brücken, Tunnels, Bahnhöfen, Seelandschaften, Bergbahnen, Häuser mit Gärten, Lichtsignalanlagen bei den Bahnübergängen und vor allem komplizierte Linienführungen mit mehreren separaten Kreisen. Die klug zusammengestellten Eisenbahnkompositionen konnte er alle von einem Mischpult aus steuern. Crashs oder Beinahe-Crashs waren vorprogrammiert und gehörten zum Spiel.

Der Höhepunkt war die Beschallung in diesem Raum. Dank seiner Begabung im Umgang mit selbst gebastelten Verstärkern und Musikanlagen sowie möglichst ausgeklügelter Platzierung der Lautsprecher – ebenfalls Marke Eigenbau – war Discofeeling garantiert, nicht nur wegen der Lautstärke. Die Musikauswahl war, typisch für Georges, auch sehr speziell. Aufgrund seiner Muttersprache liebte er französische Chansons über alles, so zum Beispiel Johnny Hallyday, France Gall, Sylvie Vartan und wie sie alle heissen. Die ganze Zeit liefen diese "Schnulzen", für mich als halber Italiener war dies nicht einfach zu ertragen.

An abenteuerlichen Ideen mangelte es Georges nie. Wollte er von seiner Schwester Nadine in Ruhe gelassen werden, setzte er die Türklinke von seinem Zimmer unter Strom, mit etwa 230 Volt. Fairerweise – muss ich jetzt sagen – hängte er aber ein

Schild an die Aussentüre mit der Warnung, sie möge ihn jetzt nicht stören, die Klinke sei unter Strom.

Dann kam der schreckliche Unfall mit der Querschnittlähmung an «seinem» Skiberg, nur wenige hundert Meter oberhalb vom Elternhaus. Da wir am Lyceum nur am Morgen Unterricht hatten, waren Georges und ich im Winter nachmittags fast immer auf den Pisten anzutreffen. Mein erster Besuch im Spital Samedan nach dem Unfall hat sich mir tief eingeprägt. Völlig regungslos lag Georges von Kopf bis Fuss in Gips eingebettet, auf dem Rücken liegend auf der Intensivstation. Seine erste Frage war, wie es mir gehe. Unglaublich, nicht sein Wohlbefinden war Mittelpunkt des Gesprächs, sondern ihm war wichtig zu hören, wie es mir geht. Es hat mich sehr beelendet und traurig gestimmt, ihn, den quirligen, lebensfrohen Freund in diesem Zustand zu sehen.

Zwangsläufig trennten sich unsere Wege für etwa ein Jahr, er in der REHA im Unterland, ich am Gymnasium im Engadin. Plötzlich stellte ich eine tief greifende und anhaltende Veränderung in seinem Leben fest. Er erzählte mir, Jesus Christus habe ihm den Weg zu einem Leben voller Hoffnung und Freude geöffnet. Lange verstand ich nicht, was er damit meinte. Aber ich spürte ganz stark, dass etwas Grundlegendes mit ihm geschehen war. Er strahlte eine unglaubliche innere Ruhe aus, ein tiefer Frieden lag in ihm, und er war wieder voller Lebensfreude, wenn auch an den Rollstuhl gebunden. Die Frage, ob das Leben im Rollstuhl noch Sinn macht, stellte sich ihm nie wieder. Mittlerweile war er verheiratet mit seiner lieben Susi. Nächtelange Gespräche über das Leben und den Glauben führten uns in eine noch viel tiefere Beziehung. Meine damalige Freundin und jetzige Ehefrau Dorothee war oft bei diesen Gesprächen mit Georges und Susi dabei. Viele Jahre später *entdeckten auch wir, dass mit Jesus Christus – so wie es in der Bibel steht – ein Neubeginn im Leben möglich ist, ein Leben, gegründet auf einem festen Fundament und in der Gewissheit auf ein ewiges Leben. Meine Frau und ich sind Georges und Susi so dankbar, dass sie uns jahrelang mit viel Liebe und Geduld auf diesem Glaubensweg begleitet haben. Die tiefe und kaum zu beschreibende Freundschaft ist bis auf den heutigen Tag geblieben. Danke Georges!»*

Die Schattenseiten

Dazu gehören die Erinnerungen an meine Kindheit und Jugendzeit. Ich will nicht undankbar sein, denn es fehlte mir, ausser Friede und Liebe in der Familie, an nichts. Was mir aber fehlte, war eine Familie, in der man sich achtet, wertschätzt und vor allem liebt. Durch die langjährige ausserehiche Beziehung meines Vaters wurde dies für die ganze Familie, vor allem aber für meine Mutter, zu einer immensen Belastung. Zur Scheidung kam es nie, aber im Jahr 1982 zu einer gerichtlichen Trennung.

Positiv in Erinnerung geblieben ist mir, dass mein Vater mich und Georges während dessen 5-jährigen Studienzeit mit einem monatlichen Beitrag unterstützt hatte, den wir sehr gut gebrauchen konnten. Und beim Hausbau hat er uns ein Darlehen, allerdings zu üblichen Bankzinsen, gewährt. Trotzdem waren wir froh darüber. Meine Mami verstarb im Jahre 2009 und Papa 2011. Ihm war kein schönes Lebensende beschieden. Etwa 2 Jahre vor seinem Tod erlitt er bei einem Unfall mit der

Strassenbahn in Basel schwere Verletzungen. Wegen einer Hirnblutung wurde er danach stark dement, und mein Bruder übernahm die Vormundschaft.

Unsere Krankheiten im Rückspiegel

Zu den weniger schönen Seiten gehören unsere Krebserkrankungen bis hin zur Naherfahrung mit dem Tod, das stetige Auf und Ab, das Hoffen und Bangen und als Zugabe noch meine lebenslänglich notwendige Dialyse. Gestern Abend war wieder so ein Moment, wo es mir rundum gar nicht gut ging. Die Nieren sind ein Organ, das so viele Aufgaben hat. Wenn dieses nicht richtig funktioniert, muss vieles mit der Dialyse oder mit Medikamenten wieder ins Gleichgewicht gebracht werden. Dies alles erzeugt Nebenwirkungen und verursacht bei mir eine grosse allgemeine Müdigkeit. Ein gesunder Mensch kann kaum glauben, wie völlig "futsch" man sich in solchen Situationen fühlen kann.

Mein Hase verarbeitet rational und steuert vieles über seine Vernunft. Ich bin viel komplizierter, und die Gefühle und Emotionen spielen eine grosse Rolle. Auch bin ich sehr konfliktscheu und möchte mit meinen Mitmenschen alles klären. Wenn sie das verweigern, bin ich oft sehr enttäuscht, traurig und nehme es persönlich. Und ja, ich muss immer noch lernen, dass mich nicht alle Menschen mögen, und dass ich nur mich selber und nie die andern ändern kann. Auch kurz vor meinem 70. Geburtstag stehe ich in diesem Lernprozess. Was mir in solchen Augenblicken helfen kann, ist ein Bibelwort, ein guter Spruch, eine liebe SMS zur rechten Zeit oder ein

Trost spendendes Lied wie dieses weltweit bekannte von Julie Katharina von Hausmann, welches sie in Zeiten grösster Not geschrieben hat:

So nimm denn meine Hände und führe mich
bis an mein selig Ende und ewiglich!
Ich kann allein nicht gehen, nicht einen Schritt;
wo du wirst gehen und stehen, da nimm mich mit!

In dein Erbarmen hülle mein schwaches Herz,
und mach es gänzlich stille in Freud und Schmerz!
Lass ruhn zu deinen Füssen dein armes Kind!
Es wird die Augen schliessen und glauben blind.

Wenn ich auch gar nichts fühle von deiner Macht,
du führst mich doch zum Ziele, auch durch die Nacht.
So nimm denn meine Hände und führe mich
bis an mein selig Ende und ewiglich!

Unsere Zukunft im Scheinwerferlicht Gottes

Wenn ich an die Zukunft denke, vertraue ich Gott. Aus Erfahrung weiss ich, dass Er mir dabei helfen wird. Jetzt, wo wir beide immer noch mitten in unseren Krankheiten stecken und nie wissen, was der morgige Tag für Überraschungen bringt, sind wir sehr dankbar für alle unsere Freunde und Freundinnen, die uns begleiten und unterstützen mit Wort, Tat und Gebet. Das ist nicht selbstverständlich. In Bezug auf die Ewigkeit freue ich mich jetzt schon auf die in der Offenbarung beschriebene

Vision, dass Gott einst mitten unter den Menschen sein und bei ihnen wohnen wird. Er wird alle Tränen trocknen, und der Tod wird keine Macht mehr haben. Leid, Angst und Schmerzen wird es nie wieder geben. Da blitzt eine gewaltige Zukunftshoffnung auf: Keine Tränen mehr, kein Abschiednehmen am Grab, keine Krankheit, kein Schmerz, alles wird neu. Darauf freue ich mich! Sie auch? Wenn Sie Fragen haben, wenden Sie sich in einem schlichten Gebet direkt an den himmlischen Vater oder reden Sie mit Menschen, von denen Sie denken, dass sie in Beziehung zu IHM stehen.

Wenn Sie meine Lebensgeschichte gelesen haben, werden Sie feststellen, dass ich nicht immer himmelhochjauchzend war und auch jetzt nicht bin. Ich bin aber auch nicht zu Tode betrübt, oft aber einfach traurig. Doch bis jetzt durfte ich aus der Traurigkeit immer wieder aufstehen dank meines lieben Chéris, der mich gewaltig unterstützt, dank lieber Freunde und vor allem dank Gottes Hilfe. In schönen Lobpreisliedern und in Seinem Wort finde ich täglich Trost und Kraft. Und als Credo von allem bisher Erlebten habe ich mir Psalm 73,23–25 ganz fett angestrichen in meiner Bibel:

«Dennoch bleibe ich stets an dir;
denn du hältst mich bei meiner rechten Hand,
du leitest mich nach deinem Rat
und nimmst mich am Ende mit Ehren an.
Wenn ich nur dich habe,
so frage ich nichts nach Himmel und Erde.»

Halleluja! Ich freue mich auf den Tag, an dem mein Hase nicht mehr im Rollstuhl sitzt!

Die Familie von Susi

Oben die kleine Susi,
rechts oben Familienbild mit
Vater Egon, Mutter Anne-
Marie sowie Susi und ihrem
Bruder Peter.

Rechts der Opa Ewald und
Omi Minna Grafe mit dem
kleinen Egon. Sie sind von
Leipzig in die Schweiz
eingewandert.

Unten Mami und Susi

Planskizze unseres Hauses mit Werkstatt
in Binningen. Rechts: Susi während ihrer
Ausbildungszeit zur Physiotherapeutin.

Mein Bruder Peter

Grosseltern mütterlicherseits

Der von Mami geführte Kunsthandwerkladen an der Gerbergasse 54 in Basel,
in dem ich gerne mithalf.

Die Familie von Georges

Maman mit Georgeli

Maman und Papa Röbi mit Georgeli in Venedig

Vater Röbi Kohler

Die liebe Maman («la Muttre»)

Georgeli auf den Brettern

Geschwister Philippe, Nadine und Georges

Elternhaus «La Muntanella» in Pontresina

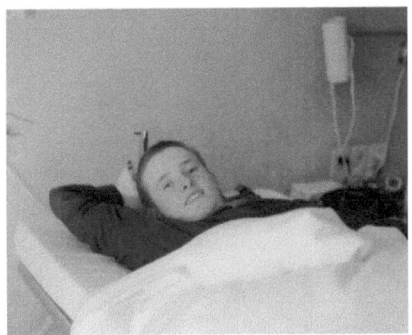

Mittel links: Der Unfall-
sprung vom 8. März 1968,
gefilmt vom Vater von
Georges.

Mitte rechts: Georges mit
Querschnittlähmung im
Waidspital in Zürich.

Links: Georges in seinem
Opel Commodore V6

Schmetterlinge im Bauch

Hochzeit von Georges und Susi am 15. April 1972 in Binningen BL

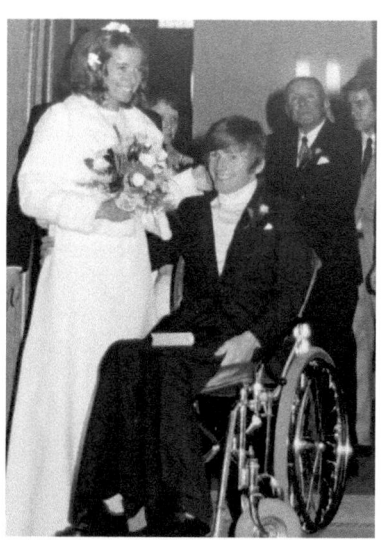

Mitte rechts: Georges und Susi am
Tag der Ziviltrauung.
Rechts unten: Jung und glücklich
verheiratet

Haus und Garten

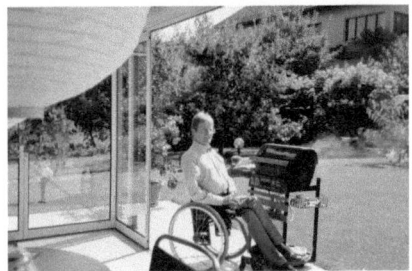

Mein Hase als Grillmeister

Meine Mami und ich

Freizeit und Reisen

Susi beim Wasserskifahren   Mit Robi Schindler auf dem Zürichsee

Bild mitte links:
Er kann es nicht lassen:
Georges beim Fallschirm-
abenteuer in Zypern

Bild mitte rechts:
Mein Hase an einem
Survival Camp im Tessin,
organisiert von seiner
Bank.

Unten links:
Kläglicher Versuch im
Skigebiet von Engelberg

La Grande Motte – unser kleines Paradies

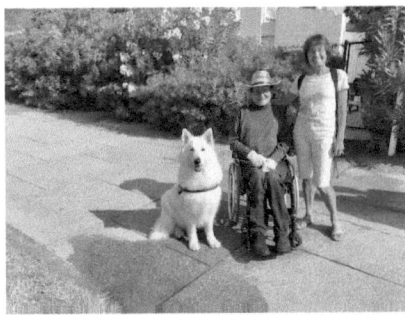

1   2

3   4

5   6

1 Susi mit Furbo
2 Familie Kohler vor ihrer «Villa»
3 Frühstück am Meer
4 Georges, gezogen von Baschi
5 Unser «Studiöli» im Parrador
6 Ausblick aus dem «Studiöli»
7 Glücklich und zufrieden auf der
   Terrasse der eigenen «Villa»

7

Freunde, die im Buch vorkommen

Martin und Anita

Pastor Reto Pelli vom «Prisma»

Dave und Adelheid

Pedro und Bea

Sandro und Dorothee / unten Déborah

Kohlers mit Gudrun und Jean-Pierre

Krankheit und Spital

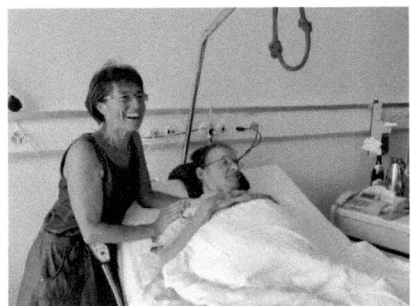

2014 Susi besucht ihren Hasen

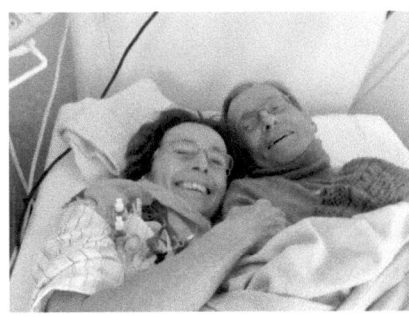

Jetzt ist sie seine Leidensgenossin

Susi bei der Dialyse in der «Motte»

Alain färt mich zur Dialyse nach Lunel

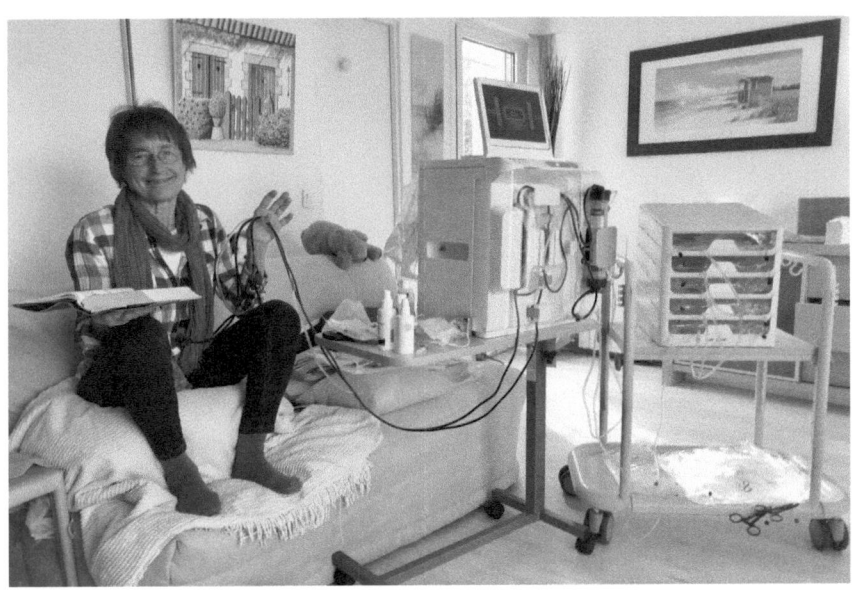

Quellenverzeichnis der Bibelstellen

17	Lukas 12,15–21	Gute Nachricht Bibel 1997
67	Psalm 32,10–11	Gute Nachricht Bibel 1997
117	Philipper 2,27	Gute Nachricht Bibel 1997
120	Psalm 23,4	Gute Nachricht Bibel 1997
128	Psalm 16,11	Gute Nachricht Bibel 1997
137	Römer 8,28	Gute Nachricht Bibel 1997
141	2. Timotheus 1,7	Lutherbibel 2017
142	Psalm 90,10/12	Luterbibel 2017
143	Johannes 11,25-26	Gute Nachricht Bibel
145	1. Korinther 13,13	Lutherbibel 2017
153	Psalm 73,23–25	Lutherbibel 2017